dtv

›Der Keller‹, autobiographischer Bericht, setzt an dem Morgen ein, als der sechzehnjährige Gymnasiast auf dem Schulweg spontan beschließt, sich seinem bisherigen, verhaßten, weil sinnlos erscheinenden Leben zu entziehen, indem er »die entgegengesetzte Richtung« einschlägt und sich im Keller, einem Kolonialwarenladen, eine Lehrstelle verschafft – sowie das befreiende und zugleich haltgebende Gefühl, »eine nützliche Existenz« zu führen, am Leben beteiligt zu sein. Im Keller, am Rande der Salzburger Scherzhauserfeldsiedlung, dem heruntergekommenen, tristen Wohnghetto der Besitzlosen, der Abgeschriebenen, der Asozialen und Kriminellen, lernt Bernhard all die von der Gesellschaft Ausgestoßenen kennen, verstehen und ergreift Partei für diese verlorenen, verstörten Existenzen.

Thomas Bernhard, geboren am 9. Februar 1931, lebte in Ohlsdorf, Oberösterreich. 1951–54 Studium an der Akademie für Musik und darstellende Kunst in Salzburg und an der Hochschule für Musik in Wien. Seit 1957 freier Schriftsteller. Er starb am 12. Februar 1989 in Gmunden.

Thomas Bernhard

Der Keller

Eine Entziehung

dtv

Von Thomas Bernhard
ist bei dtv außerdem lieferbar:
Die Ursache (13959)
Der Atem (13961)
Ein Kind (13963)

**Ausführliche Informationen über
unsere Autoren und Bücher
www.dtv.de**

MIX
Papier aus verantwortungsvollen Quellen
FSC® C019821

5. Auflage 2020
dtv Verlagsgesellschaft mbH & Co. KG, München

Umschlagkonzept: Balk & Brumshagen
Umschlagfoto: Erika Schmied
Gesamtherstellung: Druckerei C.H.Beck, Nördlingen
Gedruckt auf säurefreiem, chlorfrei gebleichtem Papier
Printed in Germany · ISBN 978-3-423-13960-1

Alles ist unregelmäßige und ständige Bewegung, ohne Führung und ohne Ziel.

Montaigne

Die anderen Menschen fand ich *in der entgegengesetzten Richtung,* indem ich nicht mehr in das gehaßte Gymnasium, sondern in die mich rettende Lehre ging, gegen alle Vernunft in der Frühe nicht mehr mit dem Sohn des Regierungsrats in die Mitte der Stadt durch die Reichenhaller Straße, sondern mit dem Schlossergesellen aus dem Nachbarhaus an ihren Rand durch die Rudolf-Biebl-Straße, nicht auf dem Weg durch die wilden Gärten und an den kunstvollen Villen vorbei in die Hohe Schule des Bürger- und des Kleinbürgertums, sondern an der Blinden- und an der Taubstummenanstalt vorbei und über die Eisenbahndämme und durch die Schrebergärten und an den Sportplatzplanken in der Nähe des Lehener Irrenhauses vorbei in die Hohe Schule der Außenseiter und Armen, in die Hohe Schule der Verrückten und der für verrückt Erklärten in der Scherzhauserfeldsiedlung, in dem absoluten Schreckensviertel der Stadt, an der Quelle fast aller Salzburger Gerichtsprozesse und im Keller als Lebensmittelgeschäft des Karl Podlaha, der ein zerstörter Mensch und ein empfindsamer Wiener Charakter gewesen war und der Musiker hatte werden wollen und dann immer ein kleiner Krämer geblieben ist. Die Prozedur meiner Aufnahme in das Geschäft war die kürzeste. Der Herr Podlaha betrat den Nebenraum, in welchem ich auf ihn gewartet hatte, und schaute mich einmal kurz an und sagte, ich könne bleiben, wenn ich wolle, auf der Stelle, und er machte die Kastentür auf und holte einen seiner Geschäftsmäntel heraus und sagte, der Mantel könne mir passen, und ich schlüpfte in den Mantel hinein, und der Mantel paßte zwar nicht, aber ich konnte ihn *provisorisch* tragen, mehrere Male sagte der Podlaha *provisorisch,* und dann überlegte er kurz und führte mich durch das mit Kundschaft überfüllte Geschäft hinaus auf die Straße ins Nebenhaus, in welchem das Magazin untergebracht war. Hier sollte ich, bis zwölf Uhr mittag, zusammenkehren mit einem Besen, den mir mein Lehrherr urplötzlich von der Magazintür heruntergeholt und in die Hand gedrückt hatte. Um zwölf wolle er, Podlaha, über alles Weitere mit mir sprechen. Er ließ mich in dem finsteren Magazin mit seiner perversen Geruchsmischung und mit der Feuchtigkeit aller Lebensmittelmagazine allein, und ich hatte inzwischen Zeit, über alles Geschehene nachzudenken. Ich hatte der Beamtin auf dem Arbeitsamt keine Ruhe gelassen, und ich hatte innerhalb einer Stunde erreicht, was ich wollte, eine Lehrstelle in der Scherzhauserfeldsiedlung, *auf die nützliche Weise,* wie ich gedacht habe, unter Menschen für Menschen tätig zu sein. Ich hatte das Gefühl, einer der größten menschlichen Sinnlosigkeiten, dem Gymnasium, entkommen zu sein. Plötzlich fühlte ich: meine Existenz ist wieder *eine nützliche Existenz.* Ich war einem Alptraum entkommen. Ich sah mich schon Mehl und Schmalz und Zucker und Erdäpfel und Grieß und Brot in die

Einkaufstaschen stopfen und war glücklich. Ich hatte mitten auf der Reichenhaller Straße kehrtgemacht und bin auf das Arbeitsamt und habe der Beamtin keine Ruhe gelassen. Sie hatte mir viele Adressen angeboten, aber lang keine *in der entgegengesetzten Richtung*. Ich wollte *in die entgegengesetzte Richtung*. Ich kehrte das Magazin zusammen, und um zwölf Uhr sperrte ich, wie mir aufgetragen war, ab und ging in das Geschäft hinüber, wie verabredet. Der Herr Podlaha machte mich mit dem Gehilfen (Herbert) und mit dem Lehrling (Karl) bekannt, und er sagte, er wolle über mich und von mir gar nichts wissen, ich solle nur die Formalitäten erledigen und im übrigen *nützlich* sein. Tatsächlich hatte er das Wort *nützlich* plötzlich von sich aus ausgesprochen, ganz ohne Nachdruck, als ob es sich bei dem Wort *nützlich* um ein Lieblingswort von ihm handelte. Für mich war es mein Stichwort. Eine Periode der Nutzlosigkeit hatte ich abgeschlossen, schien mir, eine Unglücksperiode, eine fürchterliche Epoche. Zwei Möglichkeiten hatte ich gehabt, das ist mir auch heute noch klar, die eine, mich umzubringen, wozu mir der Mut fehlte, und/oder das Gymnasium zu verlassen, von einem Augenblick auf den andern, ich hatte mich nicht umgebracht und war in die Lehre. Es ging weiter. Zuhause reagierten sie apathisch (meine Mutter, mein Vormund), mit größter Verstandes- und Verständnisbereitschaft (mein Großvater). Sie hatten sich mit der neuen Situation im Augenblick abgefunden, es hatte nicht die kürzeste Debatte gegeben. Ich war ja schon die längste Zeit mir selbst überlassen gewesen, *wie* allein ich tatsächlich gewesen war, ist mir zu diesem Zeitpunkt deutlich geworden. Die Existenz packen und zum Fenster hinaus- oder den Angehörigen vor die Füße werfen, in jedem Falle hätte es die gleiche Wirkung gehabt. Ich stellte die Schultasche, wie sie war, in die Ecke und berührte sie nicht mehr. Die Enttäuschung meines Großvaters hatte er selbst gut verbergen können, er träumte jetzt von einem tüchtigen, großen Kaufmann, in welchem sich, so er, mein Genie vielleicht noch idealer als in irgendeiner anderen Geistesverfassung verwirklichen ließe. Er gab die Schuld für mein Scheitern den Zeitumständen, daß ich in die unglücklichste aller Perioden hineingeboren worden war, direkt in den Abgrund, aus welchem es nach menschlichem Ermessen kein Entkommen mehr gab. Auf einmal waren für ihn, der sie zeitlebens immer und mit der Inständigkeit seiner Erfahrung verachtet hatte, die Kaufleute ehrenwert und ein Kaufmann nicht ohne Größe. Ich selbst hatte keine Vorstellung von meiner Zukunft, ich wußte nicht, was ich werden wollte, ich wollte nichts werden, ich hatte mich ganz einfach nützlich gemacht. In diesem Gedanken hatte ich plötzlich und unerwartet Zuflucht. Ich war jahrelang in eine Lernfabrik gegangen und war an einer Lernmaschine gesessen, die meine Ohren taub und meinen Verstand zu einem verrückten gemacht hatten, jetzt war ich auf einmal wieder mit Menschen zusammen, die von dieser Lernfabrik gar nichts wußten und die von dieser Lernmaschine nicht verdorben waren, weil sie mit ihr nicht in Berührung gekommen waren. Ich liebte, was ich jetzt sah, und nahm es ernst. Tage, an welchen Hunderte Menschen im Geschäft waren, und an welchen der Keller um acht Uhr früh wie nichts anderes als eine Lebensmittelfestung gestürmt worden war von den Hungernden und halb Verhungerten, wechselten mit Tagen ab, die den alten Vereinsamten und den Trinkerinnen gehörten. Der Keller als Lebensmittelgeschäft des Karl Podlaha aber war immer der Mittelpunkt der Siedlung gewesen, hier gab es keinen anderen Unterhaltungsort, kein Gasthaus, kein Kaffeehaus, nur die ganz auf die Vernichtung und auf die Kompromittierung ihrer Bewohner hin konstruierten Bauten, in deren Eintönigkeit und Abscheulichkeit jedes, ganz gleich welches Gemüt verkommen und absterben und zugrunde gehen mußte. In den Keller kamen die Frauen, auch wenn sie nichts einzukaufen hatten, ganz ohne den geringsten Einkaufsgrund, immer wieder plötzlich beinahe alle zu irgendeiner Zeit aus Verlegenheit, nur um ein paar Worte wechseln zu können, es war klar schon bei ihrem Erscheinen auf der Betontreppe und vollkommen klar, waren sie in den Keller herunter- und hereingekommen, daß sie nur ihrem entsetzlichen Zuhause entflohen waren auf eine Beruhigung, auf eine Lebensmöglichkeit. Der Keller ist für viele dieser Siedlungsmenschen immer wieder die einzige und letzte Rettung gewesen. Viele hatten sich den Kellerbesuch zur Gewohnheit gemacht und erschienen tagtäglich, nicht aus Geldmangel betraten sie unter Umständen mehrere Male am Tag den Keller, um eine Kleinigkeit, fünf Deka Butter zum Beispiel, einzukaufen, sondern weil sie auf diese Weise die Möglichkeit hatten, in, wie es schien, lebensnotwendigen kürzeren Abständen in den Keller herunterzukommen, ihrer in vielen Fällen tödlichen Umgebung zu entfliehen. Die Verlegenheit, mit welcher sie in den Keller herunterkamen, war ihnen ein Unschuldsbeweis. Erst jetzt, in diesen Tagen meiner neuen Umgebung, hatte ich wieder den direkten, den unmittelbaren direkten Zugang zu Menschen, ein solcher unmittelbarer, direkter Zugang zu Menschen war mir jahrelang nicht mehr möglich gewesen, mein Kopf zuerst, dann auch mein Gemüt waren unter der tödlichen Haube der Schule und ihrer Unterrichtszwänge schon beinahe erstickt, und alles außerhalb der Schule und ihrer Zwänge hatte ich jahrelang nur mehr noch undeutlich, durch den Nebel des Unterrichtsstoffes wahrgenommen, jetzt sah ich wieder Menschen, und ich hatte den unmittelbaren Kontakt mit ihnen. Ich hatte jahrelang in Büchern und Schriften und unter Köpfen existiert, die nichts anderes als Bücher und Schriften gewesen waren, in dem muffigen Geruch der verschimmelten und vertrockneten Geschichte, fortwährend so, als ob ich selbst schon Geschichte gewesen wäre. Jetzt existierte ich in der Gegenwart, in allen ihren Gerüchen und Härtegraden. Ich hatte diesen Entschluß gefaßt und diese Entdeckung gemacht. Ich lebte, jahrelang war ich schon tot gewesen. Die meisten meiner Eigenschaften, absoluten Vorzüge meines Charakters, waren schon in den ersten Tagen im Keller wieder zum Vorschein gekommen, nachdem sie jahrelang verschüttet und von den Widrigkeiten der Erziehungsmethoden zugedeckt gewesen waren, entwickelten sie sich wie von selbst in der neuen Umgebung, die einerseits von meinen Mitarbeitern im Geschäft, andererseits von den Kunden als Menschen oder Menschen als Kunden geprägt gewesen war und vor allem in der, wie ich gleich bemerkte, ungeheueren *Nützlichkeit* des Spannungsverhältnisses zwischen diesen beiden Menschengruppen, in welchem ich meine Arbeit verrichtete, eine Arbeit, die mir vom ersten Augenblick an Vergnügen gemacht hatte. Da ich zu dem Zeitpunkt eines Lebensmittelaufrufs in das Lehrverhältnis eingetreten war, bestand meine Tätigkeit schon Stunden nach Lehrstellenantritt nicht mehr nur aus Zusammenkehren und Ordnungmachen, gegen Abend, als sich die Ermüdung meiner Mitarbeiter bemerkbar machte, war ich schon auf die Probe gestellt worden und verkaufte, und ich hatte die Probe bestanden. *Ich wollte von Anfang an nicht nur nützlich sein, ich war nützlich, und meine Nützlichkeit war zur Kenntnis genommen worden,* wie bis zu meinem Eintreten in den Keller meine Nutzlosigkeit zur Kenntnis genommen worden war, so viele Jahre der Nutzlosigkeit habe ich mit meiner Entscheidung, in die Lehre zu gehen, abbrechen können, wie ich alt geworden bin, dachte ich. Und heute weiß ich, daß tatsächlich diese Kellerjahre die nützlichsten Jahre meines Lebens gewesen sind, wie ich weiß, daß die Jahre vorher nicht vollkommen nutzlos gewesen waren, aber damals, bei meinem Eintritt in den Keller und mit dem Aufgenommensein in die Arbeitsgemeinschaft Podlaha, hatte ich hundertprozentig das Gefühl gehabt, daß alles vorher völlig nutzlos gewesen sei. Die Kellerzeit war vom ersten Augenblick an eine kostbare Zeit gewesen, keine sich endlos und sinnlos durch meinen Kopf ziehende, meine Nerven abtötende, unendlich hoffnungslose, auf einmal existierte ich *intensiv, naturgemäß, nützlich.* Die Schwierigkeiten, die sich mir in den Weg gestellt hatten, waren gleich überwunden, ja es hatte im Grunde keinerlei Schwierigkeiten gegeben, alles, was sich mir im Keller in den Weg gestellt hatte, war ja von mir gewünscht, alles war Abkehr gewesen von meiner bisherigen Existenz, das genaue Gegenteil in fast allem, eine rücksichtslose Demaskierung hatte sich hier schon in den ersten Tagen vollzogen gehabt, die von mir jahrelang als eine Schreckenszeit empfundene, hatte sich hier tatsächlich als eine schreckliche Zeit erwiesen, alles auf einmal ein Trugschluß, ein Irrtum, das wollte ich ja. Wenn ich vorher geglaubt hatte, ich hätte nicht die geringste Zukunft, auf einmal hatte ich eine solche, und jeder Augenblick hatte plötzlich, was längst schon abgestorben gewesen war, Faszination. Ich redete mir nicht, wie vorher so oft, immer wieder nur eine Zukunft ein, ich hatte sie. Ich hatte mein Leben wieder. Und ich hatte es auf einmal wieder vollkommen in der Hand. Ich hatte nur eine Kehrtwendung machen müssen auf der Reichenhaller Straße, dachte ich, und anstatt ins Gymnasium in die Lehre zu gehn, anstatt in den Schulpalast, in den Keller. In der Scherzhauserfeldsiedlung sah ich die Menschen, von welchen ich immer gehört, die ich aber niemals gesehen hatte, von meinem Großvater wußte ich, daß es diese Unglücksmenschen in Armut und Verzweiflung gibt, aber ich hatte sie nie aus nächster Nähe gesehen. Die Verantwortlichen der Stadt taten alles, um die Zustände, die in der Scherzhauserfeldsiedlung herrschten, zu vertuschen, aber die Zeitungen berichteten darüber, und später, als Gerichtsberichterstatter für das ›Demokratische Volksblatt‹, habe ich selbst wöchentlich über Angeklagte aus der Scherzhauserfeldsiedlung zu berichten gehabt. Die meisten von ihnen waren mir von meiner Kellerlehrstelle her bekannt, und es war damals schon vorauszusehen gewesen, daß sie eines Tages vor Gericht stehen würden, der Grund, warum sie jetzt vor Gericht stehen, habe ich dann immer während der Verhandlungen gedacht, ist alles das, das ich selbst aus meiner eigenen Kellerzeit zu gut kenne. Die Richter kannten nicht, was ich kannte, und sie machten sich auch nicht die Mühe, einem Menschenschicksal auf den Grund zu gehen, sie verhandelten eine Sache wie die andere, hielten sich an die Papiere und an die sogenannten unumstößlichen Tatsachen und urteilten ab, ohne den

Abgeurteilten zu kennen und ohne die Umwelt des Abgeurteilten zu kennen und ohne seine Geschichte zu kennen und ohne die Gesellschaft zu kennen, die ihn zu dem Verbrecher gemacht hatte, zu welchem er vor Gericht abgestempelt wurde. Die Richter hielten sich beinahe ausschließlich an die Papiere und zerstörten mit ihren brutalen, geistlosen und völlig gefühllosen, ja geistfeindlichen und gefühlsfeindlichen Gesetzen den Menschen, der ihnen vorgeführt wurde. An jedem Tag mindestens einmal zerstörte die schlechte Laune eines Richters das Leben und die Existenz eines dieser Menschen als Angeklagten, das festzustellen, war und ist fürchterlich. Aber jetzt ist nicht der Zeitpunkt, den Richterstand zu skizzieren, ich will nur sagen, Jahre nachdem ich meine Lehre im Keller beendet gehabt hatte, traf ich viele von den Kellerkunden vor den Gerichtsschranken wieder, und auch heute noch werde ich, wenn ich die Zeitungen aufmache, mit Namen konfrontiert, die ich aus dem Keller kenne, mit Kellerschicksalen, mit Scherzhauserfeldsiedlungsmenschen, die in die Gerichtsspalten kommen, auch heute noch, dreißig Jahre nach meiner Kellerlehre, in die Gerichtsspalten kommen. Ich wußte, warum ich die Beamtin im Arbeitsamt Dutzende von Karteikarten aus dem Karteikasten herausnehmen hatte lassen, ich wollte *in die entgegengesetzte Richtung*, diesen Begriff *in die entgegengesetzte Richtung* hatte ich mir auf dem Weg in das Arbeitsamt immer wieder vorgesagt, immer wieder *in die entgegengesetzte*

Richtung, die Beamtin verstand nicht, wenn ich sagte, *in die entgegengesetzte Richtung,* denn ich hatte ihr einmal gesagt, ich will *in die entgegengesetzte Richtung,* sie betrachtete mich wahrscheinlich als verrückt, denn ich hatte tatsächlich mehrere Male zu ihr *in die entgegengesetzte Richtung* gesagt, wie, dachte ich, kann sie mich auch verstehen, wo sie doch überhaupt nichts und nicht das geringste von mir weiß. Sie hatte mir, schon ganz verzweifelt über mich und über ihren Karteikasten, eine Reihe von Lehrstellen angeboten, aber diese Lehrstellen waren alle nicht *in der entgegengesetzten Richtung* gewesen, und ich mußte ihre Lehrstellenangebote ablehnen, ich wollte nicht nur in eine *andere* Richtung, ich wollte in die *entgegengesetzte* Richtung, ein Kompromiß war unmöglich geworden, so hatte die Beamtin immer wieder eine Karteikarte aus dem Karteikasten herauszuziehen gehabt, und ich hatte diese Karteikartenadresse abzulehnen gehabt, weil ich kompromißlos *in die entgegengesetzte Richtung* wollte, nicht nur in eine andere Richtung, nur *in die entgegengesetzte.* Die Beamtin hatte es so gut wie ihr möglich mit mir gemeint, und wahrscheinlich war sie von den ihr besten Adressen ausgegangen, sie betrachtete zum Beispiel eine Lehrstellenadresse in der Stadtmitte, also die Adresse eines der größten angesehensten Kleidergeschäfte mitten in der Stadt, als die allerbeste, und sie verstand ganz einfach nicht, daß mich nicht die *allerbeste* Adresse interessierte, sondern nur *die entgegengesetzte,* sie, die Beamtin, hatte mich ganz einfach gut unterbringen wollen, aber ich wollte ja gar nicht gut untergebracht sein, im Gegenteil, ich wollte *in die entgegengesetzte Richtung*, immer wieder hatte ich vorgebracht, *in die entgegengesetzte Richtung*, aber sie ließ sich dadurch nicht beirren, mir ihrerseits immer wieder eine sogenannte gute Adresse aus dem Karteikasten herauszuziehen, heute höre ich noch ihre Stimme Adressen sagen, die jeder in der Stadt kennt, die stadtbekanntesten und stadtberühmtesten Adressen, aber diese Adressen interessierten mich nicht, daß es sich um ein Geschäft handeln müsse, in das Menschen eintreten, *sehr viele Menschen*, hatte ich ihr sofort nach meinem Eintreten gesagt gehabt, aber ihr doch nicht erklären können, was ich meinte, wenn ich sagte, *in die entgegengesetzte Richtung*, ich hatte ihr erklärt, daß ich so viele Jahre durch die Reichenhaller Straße in die Stadt in das Gymnasium gegangen sei, jetzt wollte ich *in die entgegengesetzte Richtung*, gutmütig, wie sie gewesen war, entschlossen, wie ich, hatten wir über eine halbe Stunde das Karteikartenspiel gespielt, indem sie eine Karteikarte aus dem Karteikasten herauszog und eine Adresse nannte und ich die Adresse ablehnte; ich lehnte jede Adresse ab, weil keine dieser von ihr aus dem Karteikasten herausgezogenen Adressen jene gewesen war, die ich suchte, alle diese von mir abgelehnten Adressen, und damals hatte es, zum Unterschied von heute, Hunderte von offenen Handelslehrstellen in Salzburg gegeben, waren *keine Adressen in der entgegengesetzten Richtung* gewesen, die ich wünschte, die besten Adressen, die sich denken lassen, aber keine *in der entgegengesetzten Richtung*, bis die Adresse des Karl Podlaha in der Scherzhauserfeldsiedlung an der Reihe gewesen war. Genau die Adresse hatte die Beamtin zögernd, anders als die andern, aus dem Karteikasten herausgezogen, eine von ihr aus überhaupt nicht in Frage kommende Adresse, das hatte ich sofort gesehen, und sie hatte die Adresse des Podlaha auch nur widerwillig ausgesprochen, widerwillig den Namen Podlaha gesagt, widerwillig die genaue Adresse angegeben, widerwillig das Wort *Scherzhauserfeldsiedlung* ausgesprochen. Das Wort Scherzhauserfeldsiedlung war ihr das widerwärtigste gewesen, sie hatte sich überwinden müssen, es auszusprechen. Diese Adresse käme für mich aber wahrscheinlich überhaupt nicht in Frage, sagte die Beamtin, ohne den Satz, *die Adresse kommt für dich nicht in Frage*, auch wirklich auszusprechen, alles an ihr und in ihr behauptete das, aber genau diese Adresse war die Adresse gewesen, die für mich in Frage gekommen war, denn die Adresse des Podlaha war die Adresse genau *in der entgegengesetzten Richtung*, allem Anschein nach glaubte mir die Beamtin nicht, als ich sagte, diese Adresse *sei* für mich die richtige, und ich hätte diese Adresse gesucht, das Wort *Scherzhauserfeldsiedlung*, vor welchem sie von Natur aus zurückschreckte, hatte auf mich eine ungeheuere Anziehungskraft, und ich sagte mehrere Male das Wort

Scherzhauserfeldsiedlung, schon um ihre Reaktion festzustellen, die die schmerzhafteste gewesen war, immer wieder schaute die Beamtin in mein Gesicht, hörte gleichzeitig, wie ich *Scherzhauserfeldsiedlung* sagte, und ist entsetzt gewesen, daß ich mir gerade diese Adresse im Kopf notierte. Sie hatte weitere Karteikarten aus dem Karteikasten herausziehen wollen, aber ich sagte, ich sei mit dieser Adresse zufrieden, diese Adresse sei die richtige, und wenn ich an dieser Adresse nicht aufgenommen werde, so würde ich wiederkommen, und die Beamtin möge mir dann eine ähnliche Adresse auch *in dieser entgegengesetzten Richtung* wie die Adresse des Podlaha in der *Scherzhauserfeldsiedlung* geben. Einerseits war die Beamtin froh gewesen, daß sie mich zufriedengestellt hatte, andererseits war sie entsetzt gewesen über meine Gedanken, in welche ich sie hineinschauen hatte lassen. Sie hatte mir die besten, die allerbesten Adressen und also Möglichkeiten für mein Weiterkommen aus dem Karteikasten herausgesucht, und ich hatte mich auf die schlechteste, die allerschlechteste, wie sie glaubte, gestürzt. Nicht daß sie mich davor gewarnt hätte, in die Scherzhauserfeldsiedlung zu gehen, aber sie haßte schon das Wort *Scherzhauserfeldsiedlung*, und das Wort *Podlaha* war ihr zutiefst zuwider gewesen, wie ich merkte, und die ganze Richtung, die ich selbst als *entgegengesetzte Richtung* bezeichnete, verachtete sie, und in dem Augenblick, in welchem ich Anstalten machte, *in diese entgegengesetzte Richtung*, also in die Scherzhauserfeldsiedlung zu gehen, alle ihre gutgemeinten Vorschläge mißachtend, und sie mußte gesehen haben, wie ernst es mir mit der Adresse des Podlaha in der Scherzhauserfeldsiedlung gewesen war, hatte sie auch für mich nur mehr noch Verachtung übrig, es war ihr vollkommen unverständlich, wie ein junger, offensichtlich intelligenter Mensch, zwei, drei Stunden vorher noch Gymnasiast, wenn das Ganze mit mir, wie sie denken mochte, vielleicht doch nichts anderes als ein augenblicklich erschreckend verheerender Fieberzustand gewesen war, das in ihren Augen Bestmögliche, Großartige ausschlagen und sich für das Schlechtestmögliche, Verachtenswerte, Fürchterliche, ja Entsetzliche entscheiden kann, und sie konnte sich wahrscheinlich nur dadurch retten, daß sie mich überhaupt nicht mehr ernst nahm. Eine Gymnasiasten-, eine Pubertätsepisode, mochte sie sich gedacht haben, wie ich aus ihrem Zimmer hinausgegangen bin. Aber ich bin nicht mehr wiedergekommen, das mußte ihr doch zu denken gegeben haben. Der nicht ungewöhnliche Fieberzustand eines verwirrten Schülers, mochte sie sich gedacht haben, der längst wieder vorbei ist, aber wahrscheinlich hatte sie mich sofort vergessen. Zu dem Schulmechanismus hatte ich überhaupt keine Beziehung gehabt und aus diesem Grunde auch niemals zu allen diesen mit diesem Schulmechanismus zusammenhängenden Menschen, während ich von allem, das mit dem Keller zusammenhing, sofort und auf das intensivste angezogen gewesen war, alles in diesem Keller und alles, das mit dem Keller in Zusammenhang war, bedeutete für mich Faszination und nicht nur Faszination, sondern Zugehörigkeit, Inständigkeit, ich fühlte mich diesem Keller und diesen Menschen zugehörig, während ich mich der Welt der Schule niemals zugehörig gefühlt hatte, die Reichenhaller Straße war, wie ich jetzt sah, niemals meine Straße gewesen, wie sie niemals meine Richtung gewesen war, meine Straße und meine Richtung waren die Rudolf-Biebl-Straße, ich ging *meinen* Weg, wenn ich durch die Rudolf-Biebl-Straße ging, an der Lehener Post vorbei, an den Gemüsegärten der Bulgaren vorbei, an den Sportplatzplanken, durch die Siedlung zu meinen Menschen, während alles in der anderen Richtung niemals das Meinige gewesen war, der Weg durch die Reichenhaller Straße, kann ich sagen, ist immer der gewesen, der mich ununterbrochen und mit der größten Rücksichtslosigkeit, die sich denken läßt, von mir selbst entfernt hat, hinein in eine tagtägliche Fürchterlichkeit, deren Konsequenzen auf einmal nur noch tödliche Konsequenzen hatten sein können, der Weg durch die Rudolf-Biebl-Straße ist der Weg *zu mir* gewesen, an jedem Tage, den ich durch die Rudolf-Biebl-Straße in die Scherzhauserfeldsiedlung in den Keller gegangen bin, habe ich mir gedacht, ich gehe zu mir selbst, und ich gehe mit jedem Tag mehr und mehr zu mir selbst, während ich auf dem Weg durch die Reichenhaller Straße immer denken hatte müssen, daß ich von mir weg gehe, aus mir heraus und von mir weg, immer nur dahin, wohin ich gar nicht gehen wollte, ich war auf diesen Weg gezwungen worden von meinen Erziehern, von meinen Verwaltern, von meinen Vermögensverwaltern, die mein Vermögen, mein *Geistes*vermögen und mein *Körper*vermögen verwalteten und immer nur schlecht verwalteten und die diesen fürchterlichen tödlichen Weg für mich ausgesucht und bestimmt hatten, keine Widerrede hatten sie geduldet, da hatte ich plötzlich kehrtgemacht und bin an dem Fischer-von-Erlach-Krankenhaus vorbei durch die Gaswerkgasse auf das Arbeitsamt, und schon auf diesem Weg, schon im Augenblick der Kehrtwendung hatte ich gedacht, daß ich *jetzt auf dem richtigen Wege* sei. Viele Jahre hatte ich an jedem Morgen aufwachend gedacht, daß ich den von meinen Erziehern als Verwaltern mir aufgezwungenen Weg abzubrechen hätte, aber ich hatte nicht die Kraft dazu, so viele Jahre mußte ich diesen Weg widerwillig und unter der größten Kopf- und Nervenanspannung gehen, bis ich urplötzlich die Kraft gehabt habe, den Weg abzubrechen, zu einer hundertprozentigen Kehrtwendung, an welche ich selbst am wenigsten geglaubt hatte, aber eine solche Kehrtwendung ist nur auf dem absoluten Höhepunkt der Gefühls- und Geistesanstrengung möglich, in einem solchen Augenblick, in welchem man die Kehrtwendung vollziehen oder sich nur mehr noch umbringen kann, wenn der Widerstand gegen alles, das ein solcher Mensch, wie ich damals einer gewesen bin, der größte Widerstand ist, der tödliche Widerstand ist. Wir haben in einem solchen lebensrettenden Augenblick einfach gegen alles zu sein oder nicht mehr zu sein, und ich hatte die Kraft gehabt, gegen alles zu sein, und bin *gegen alles* auf das Arbeitsamt in der Gaswerkgasse gegangen. Während die Lernmaschine in der Stadt schon wieder ihre sinnlosen Opfer forderte, hatte ich mich ihr durch die Kehrtwendung in der Reichenhaller Straße entzogen, ich wollte von einem Augenblick auf den andern nicht mehr eines der Tausende und Hunderttausende und Millionen Lernmaschinenopfer sein und drehte mich um und ließ den Sohn des Regierungsrates allein seinen Weg gehn. Zu deutlich war mir die Konsequenz meiner eigenen Kraftlosigkeit an diesem Morgen gewesen, als daß ich wieder einmal nachgeben hätte können: Ich wollte mich nicht vom Mönchsberg stürzen, ich wollte leben, und so hatte ich an diesem Morgen kehrtgemacht und war in Richtung Mülln und Lehen um mein Leben gelaufen, immer schneller und schneller, alles zurücklassend, was mir zur tödlichen Gewohnheit geworden war in den letzten Jahren, tatsächlich und endgültig alles, und ich flüchtete tatsächlich in Todesangst in das Arbeitsamt, ich bin nicht hineingegangen in das Arbeitsamt, wie die meisten hineingehen, ich bin in Todesangst hinein*geflohen,* innerhalb weniger Minuten *alles in mir und gegen alles* auf den Kopf stellend durch die Müllner und durch die Lehener Straßen gelaufen und in das Arbeitsamt in Todesangst. Ich sagte mir *jetzt oder nie*, daß es im Augenblick sein mußte, war mir klar. Ich hatte schon viel zu viele Verletzungen davongetragen, als daß jetzt noch Zeit zum Zögern gewesen wäre. Durch dieses abstoßende, in mir Furcht erregende, von allen nur möglichen Arten von Armut stinkende Gebäude als Arbeitsamt muß ich noch durch, hatte ich gedacht, wie ich die Treppen des Arbeitsamtes hinaufgestiegen bin, durch dieses verabscheuungswürdige Haus, in welchem es mehr nach Existenzabtötung schmeckte als anderswo, dann bin ich gerettet. Ich verlasse dieses entsetzliche Gebäude nicht, bevor mir nicht eine Lehrstelle als Überlebensstelle vermittelt ist, habe ich gedacht und bin in das Zimmer der Lehrstellenvermittlungsbeamtin getreten. Ich hatte keinerlei Vorstellung, was für eine Lehrstelle ich wollte, aber je länger ich der Beamtin gegenübergestanden war, desto klarer war mir, daß nur eine Lehrstelle, und ich wollte doch eine Lehrstelle, nicht nur eine Beschäftigung, daß nur eine Lehrstelle in Frage komme, die mich mit möglichst vielen Menschen auf möglichst *nützliche* Weise zusammenbringt, und während die Beamtin in ihrem Karteikasten hin und her suchte, stand für mich fest: Ich gehe in ein Lebensmittelgeschäft. Die Berufe, in welchen der, der sie ausübt, die meiste Zeit auf sich selbst zurückgeworfen ist wie in jedem Handwerk, kamen für mich nicht in Frage, weil ich unter Menschen wollte, und zwar unter möglichst viele Menschen und unter möglichst aufregenden Umständen und in der größten, in der allergrößten Nützlichkeit. Die Menschen zeichnen sich vornehmlich dadurch aus, daß sie Verständigungsschwierigkeiten haben und in der Folge davon durch vollkommene Verständnislosigkeit. Die Beamtin hatte mich nicht verstanden, aber sie hatte begriffen, als ich ihr tatsächlich bis zum äußersten lästig geworden war, in dem Augenblick, in welchem ich ihr unerträglich geworden war, hatte sie die Karteikarte mit der Adresse des Herrn Podlaha aus dem Karteikasten herausgezogen. Sie hatte mich die ganze Zeit für verrückt gehalten, mich in keinem Fall ernst genommen, jetzt wollte sie, nachdem sie von mir genug hatte, mich wieder los sein und zog sozusagen als Schlußpunkt unseres Zusammenseins die Adresse des Podlaha aus dem Karteikasten. Möglicherweise sah sie in mir einen im Fieberzustand Handelnden, dessen Probleme sich nach ein paar Stunden wieder als gelöst herausstellen würden. Gleich, wie sie denken mußte, ich war entschlossen gewesen, von ihr eine Adresse zu erhalten, die mir erfolgversprechend genug war, um mich von ihr verabschieden zu können. Sie zweifelte an der Ernsthaftigkeit meines Vorhabens, wahrscheinlich auch an meinem augenblicklichen Geisteszustand. Die Pubertät hat ihre Auswüchse, und ein solcher Auswuchs kann auch darin bestehen, daß ein junger Gymnasiast auf das Arbeitsamt rennt und die Adresse eines Lebensmittelhändlers verlangt, weil er glaubt, mit einer solchen Adresse glücklich zu werden, sich wenigstens über ein paar

Stunden, über einen ihm unerträglich gewordenen Tag zu retten. Mir selbst aber war, was ich vorhatte, unumstößlich. Kann sein, ich habe mich von einem Augenblick auf den andern fallengelassen, vom Hochseil des Schulzwanges in seiner ganzen Entsetzlichkeit herunter in die Tatsache einer Lehrstelle in einem Lebensmittelgeschäft. Noch wußte ich nicht, was und wer hinter der Adresse des Podlaha in der Scherzhauserfeldsiedlung steckte, und ich verabschiedete mich von der Beamtin und ging und rannte aus dem Arbeitsamt hinaus auf die Gaswerkgasse und hinüber in die Scherzhauserfeldsiedlung, die mir bis zu diesem Zeitpunkt nur der Bezeichnung nach bekannt gewesen war als *das* Salzburger Schreckensviertel, aber gerade von diesem Schrekkensviertel war ich unbändig angezogen, und ich lief, so schnell ich konnte, und hatte die Adresse in Kürze gefunden, und da betrat ich auch schon den Keller, und ich stellte mich vor, und ich saß auf einmal in dem engen Nebenraum des Geschäfts an Podlahas Schreibtisch. Wie im Gymnasium die Gymnasiasten jetzt Gymnasiasten sind, dachte ich, während ich mich mit den Eindrücken im Keller des Karl Podlaha anfreundete. In diesem Keller habe ich möglicherweise meine Zukunft, habe ich gedacht, und je mehr ich mich mit dem Gedanken, in dem Keller zu bleiben, beschäftigte, desto klarer war mir gewesen, daß meine Entscheidung die richtige Entscheidung gewesen war. Von einem Augenblick auf den andern hatte ich mich der Gesellschaft, die bis jetzt meine Gesellschaft gewesen war, entzogen und bin in den Keller des Herrn Podlaha gegangen. Da saß ich jetzt und wartete auf das entscheidende Wort jenes mittelgroßen dicklichen, weder besonders freundlichen noch besonders unfreundlichen Mannes, von welchem ich die Rettung meiner Existenz forderte. Was hatte ich im ersten Moment auf den Mann für einen Eindruck gemacht, der nur als Herr *Chef* bezeichnet wurde, was ich durch die nur angelehnte Geschäftstür hörte, und dessen eigene Stimme weich, gleichzeitig aber vertrauenerweckend gewesen war. Die Viertelstunde, die ich allein gewesen war, hatte meinen Wunsch mehr und mehr verstärkt, Lehrling zu sein unter Herrn Podlaha, der mir ein intelligenter, in keinem Augenblick ordinärer Mann zu sein schien. War mir im Gymnasium jede Kontaktnahme eine unüberwindliche Schwierigkeit gewesen, in fast allen Fällen unüberbrückbar, gleich, ob zu den Schülern oder zu den Professoren, fortwährend war zwischen mir und den andern eine nicht nur distanzierte, sondern beinahe ununterbrochen feindliche oder feindselige Spannung gewesen, mehr und mehr war ich in eine mit der Zeit vollkommen ausweglose Isolation geraten, und der Kontakt mit meinen Verwandten zu Hause war zeitlebens in dem höchsten Schwierigkeitsgrad immer gerade noch herstellbar, hatte ich im Keller keinerlei Kontaktschwierigkeiten, im Gegenteil erstaunte mich die völlige Problemlosigkeit meinerseits gegenüber meinen Mitarbeitern und der Siedlungskundschaft, mit welcher ich von allem Anfang an in bestem Einvernehmen gewesen war und in gegenseitigem *Einverständnis.* Ich hatte nicht die geringste Schwierigkeit in der Unterhaltung und im Umgang mit den Einwohnern der Scherzhauserfeldsiedlung. Bald war mir der Schauplatz, auf welchem ich jetzt tagsüber existierte und arbeitete, vertraut. Nach und nach lernte ich fast alle Bewohner kennen, naturgemäß zuerst die Frauen der Fabrik- und Kohlen- und Straßen- und Eisenbahnarbeiter und deren Kinder. Ich kam, zuerst, weil ich ihnen beim Nachhausetragen zu schwer gewordener Einkäufe half, in ihre Behausungen. Ich lernte die Innenwelt der Scherzhauserfeldsiedlung kennen, indem ich volle Einkaufstaschen oder ganze Fünfzigkiloerdäpfelsäcke in die verschiedenen Blöcke schleppte, nicht ohne während der vielen Unterhaltungen meine Beobachtungen zu machen. Ich lernte über die in den Keller gekommenen Frauen und Kinder die zu Hause auf sie wartenden Männer kennen, die zu Hause wartenden Neugeborenen oder Greise, und es war mir bald jeder Block, den ich längst von außen kannte, auch von innen bekannt. Und ich lernte die Sprache, die in der Scherzhauserfeldsiedlung gesprochen wurde, kennen, eine ganz andere Sprache als die Sprache, die ich von zu Hause oder die ich aus der Stadt kannte, ja eine ganz andere Sprache in der Scherzhauserfeldsiedlung als im übrigen Lehen, die in der Scherzhauserfeldsiedlung haben eine intensivere, deutlichere Sprache gesprochen als die in

Lehen, und bald war ich in der Lage, mit den Leuten aus der Scherzhauserfeldsiedlung *ihre* Sprache zu sprechen, weil ich in der Lage gewesen war, *ihre* Gedanken zu denken. Hier waren alle in Wartestellung, und das Denken in der Scherzhauserfeldsiedlung war ein Denken in Wartestellung. Die Scherzhauserfeldsiedlung war der tagtägliche fürchterliche Schönheitsfehler in dieser Stadt, und die Stadtväter waren sich dieses Schönheitsfehlers vollkommen bewußt, immer wieder tauchte die Scherzhauserfeldsiedlung als dieser Schönheitsfehler Salzburgs in den Spalten der Tageszeitungen auf in Form von Gerichtsberichten oder in Form von Landesregierungsbeschwichtigungen. Und die Bewohner dieses Salzburger Schönheitsfehlers waren sich der Tatsache, daß sie insgesamt den Schönheitsfehler Salzburgs darstellten, bewußt. Immer mehr waren sie zu diesem Schönheitsfehler geworden, hier war alles zu finden, was die Stadt zu verschweigen oder zu vertuschen versuchte, alles, was der normale Mensch flieht, wenn er in der Lage ist, es zu fliehen, hier war der Schmutzfleck Salzburgs, und auch heute noch ist die Scherzhauserfeldsiedlung dieser Salzburger Schmutzfleck, dessen sich die ganze Stadt schämt, wenn sie daran erinnert wird, ein einziger Schmutzfleck aus Armut und also ein Schmutzfleck, zusammengesetzt aus Hunger, Verbrechen und Dreck. Diese Leute aber hatten sich längst mit ihrem Schmutzfleck abgefunden, sie waren in Wartestellung, aber im Grunde erwarteten sie nichts mehr, sie waren aufgegeben, vergessen, immer wieder beschwichtigt worden und wieder vergessen worden, man redete immer nur vor den politischen Wahlen von der Scherzhauserfeldsiedlung, von dem Salzburger Schmutzfleck, aber nach den Wahlen war der Schmutzfleck mit der Regelmäßigkeit der Wahlen wieder vergessen, die Bewohner der Scherzhauserfeldsiedlung hatten in jahrzehntelanger Leidensgemeinschaft und unter dem tödlichen Druck der Verachtung aller übrigen Salzburger, für die allein die Erwähnung des Begriffes Scherzhauserfeldsiedlung einen bösartigen Schmerz in der Magengrube bedeutete, ihren eigenen Stolz entwickelt, sie waren stolz auf ihr Schicksal und auf ihre Herkunft, und sie waren, wenn es darauf ankam, stolz auf ihren Salzburger Schmutzfleck, der gleichzeitig *der größte Schandfleck der Stadt* (›Salzburger Volksblatt‹) gewesen ist. In der Scherzhauserfeldsiedlung zu wohnen, bedeutete, mitten in einem Schmutz- und Schandfleck zu wohnen, hier, so die Meinung der ganzen Stadt, existierten die Aussätzigen, und von der Scherzhauserfeldsiedlung zu sprechen, bedeutete nichts anderes, als von Verbrechern, genauer, von Zuchthäuslern und von Trunksüchtigen und tatsächlich von trunksüchtigen Zuchthäuslern zu sprechen. Die ganze Stadt machte einen Bogen um die Scherzhauserfeldsiedlung, aus der Scherzhauserfeldsiedlung zu kommen und etwas zu wollen, bedeutete das Todesurteil. Als Verbrecherghetto bezeichnet, war die Scherzhauserfeldsiedlung immer die

Siedlung gewesen, aus welcher nur das Verbrechen in die übrige Stadt kommen konnte, und kam ein Mensch aus der Scherzhauserfeldsiedlung, so bedeutete das nichts anderes, als ein Verbrecher kommt in die Stadt. Ganz unumwunden war das immer auch ausgesprochen worden, und die Leute aus der Scherzhauserfeldsiedlung waren immer schon kopfscheu gewesen, sie mußten, nach jahrzehntelanger Anschuldigung und Verächtlichmachung, mit der Zeit selbst daran glauben, daß sie seien, als was man sie bezeichnete, *ein Verbrechergesindel,* und es ist kein Wunder, daß von einem bestimmten Zeitpunkt an, er liegt weit zurück, vier oder fünf Jahrzehnte, die Scherzhauserfeldsiedlung die ununterbrochene Lieferantin des salzburgischen Gerichtsfutters geworden war, eine unerschöpfliche Quelle für die österreichischen Zuchthäuser und Strafanstalten. Die Polizei und die Gerichte beschäftigten sich jahrzehntelang mit der Scherzhauserfeldsiedlung intensiv, aber nicht die Stadtverwaltung, und die sogenannte Sozialfürsorge benützte die Scherzhauserfeldsiedlung nur als Alibi zur Vertuschung ihrer grenzenlosen Unfähigkeit. Auch heute, weit über drei Jahrzehnte nach meiner Tätigkeit in der Scherzhauserfeldsiedlung, lese ich, wenn ich die Salzburger Zeitungen aufschlage, von dem Zusammenhang beinahe aller Salzburger Strafprozesse und auch heute noch immer wieder Totschlags- und Mordprozesse mit der Scherzhauserfeldsiedlung. Die Verhältnisse dort können sich nur, denke ich über dreißig Jahre zurück, verschlimmert haben. Heute sind dort Wohnblöcke und Hochhäuser, Auswüchse unserer geistlosen und phantasiefeindlichen Zeit, wo damals, vor dreißig Jahren, Wiesen gewesen sind, ich bin über weite Wiesen in die Arbeit gegangen, an der Blindenanstalt und an der Taubstummenanstalt vorbei, an der Lehener Post vorbei über Wiesen und über ganz gewöhnliche Schotterwege, durch eine Unzahl von Naturgerüchen, die es auf diesem Weg heute gar nicht mehr gibt, den Grasgeruch und den Erdgeruch und den Tümpelgeruch da, wo heute nur mehr noch der menschenverblödende Gestank der Auspuffgase ist. Zwischen der Stadt und der Scherzhauserfeldsiedlung waren, wie wenn die Stadt Abstand davon haben wollte, ein Wiesen- und Feldergürtel, da und dort grobgezimmerte Schweineställe, da und dort ein kleineres oder größeres Flüchtlingslager, Behausungen von verkommenen Hundenarren und -närrinnen, Bretterbuden von Huren und Säufern, die die Stadt irgendwann einmal ausgespien hat. Die Stadt hat, genau in dem Abstand von ihr, der ihr notwendig erschien, eine billige und menschentötende Siedlung in diese Wiesen hineingebaut, eine Siedlung für ihre Ausgestoßenen, für ihre Ärmsten und Verwahrlosesten und Verkommensten und naturgemäß immer Kränklichsten und Verzweifeltsten, für ihren Menschenausschuß gerade so weit weg, daß sie nicht damit konfrontiert wurde, wer nicht wollte, hatte sein ganzes Leben lang keine Kenntnis von dieser Siedlung, die an die sibirischen

Straflager erinnerte nicht nur wegen der Numerierung ihrer Blöcke. Mehrere Stufen führten in der Mitte der einstöckigen Blöcke hinauf in ein enges Vorhaus, von welchem aus man beidseitig in die Behausungen, die man heute nicht Wohnungen nennen kann, hineinkam, die Wohnungen hatten ein oder zwei Zimmer, die kinderreichsten Familien hausten in den Zweizimmerwohnungen, das Wasser war auf dem Gang, es gab nur einen gemeinsamen Abort, die Wände dieser Blöcke waren aus Heraklithplatten zusammengesetzt, mit billigem Mörtel angeworfen. Nur die dreistöckigen Blöcke waren Ziegelbauten, und in ihnen wohnten sozusagen die privilegierteren Proletarier, auch der Lebensmittelkeller war in einem solchen dreistöckigen Bau. An jedem Tag ein Familienexzeß, an jedem Tag mindestens einmal der Polizeiwagen um die Ecke, der Krankenwagen, um einen halb Erschlagenen oder Erstochenen zu bergen, der Leichenwagen, um einen elendig in seinem Bett Weggestorbenen abzuholen, einen Umgebrachten. Die Kinder waren die meiste Zeit auf den Straßen, die einzigen Straßen in Salzburg, die keine Namen hatten, und schrien und lärmten, weil sie auf den Straßen Platz hatten zum Schreien und Lärmen, und mit ihrem Schreien und Lärmen deckten sie die fürchterliche Stille in der Scherzhauserfeldsiedlung zu, die ohne das Schreien und Lärmen tödlich gewesen wäre. Zu Hause deutete ich an, was ich sah, aber wie immer, wo man Menschen etwas Furchtbares und etwas Entsetzliches und etwas Unmenschliches und etwas ganz und gar Grauenhaftes mitteilt, glaubten sie es nicht, sie wollten es nicht hören und bezeichneten, wie sie das immer getan hatten, die entsetzliche Wahrheit als Lüge. Aber man darf nicht aufhören, ihnen die Wahrheit zu sagen, und die furchtbaren und die entsetzlichen Wahrnehmungen, die man macht, dürfen unter keinen Umständen verschwiegen oder auch nur verfälscht werden. Meine Aufgabe kann nur sein, meine Wahrnehmungen mitzuteilen, gleichgültig, wie die Wirkung ausfällt, immer die Wahrnehmungen, die mir mitteilenswert erscheinen, zu berichten, was ich sehe oder was ich, in der Erinnerung, noch heute sehe, wenn ich, wie jetzt, dreißig Jahre zurückschaue, vieles ist nicht mehr klar, anderes *über*deutlich, als ob es gestern gewesen wäre. Um sich zu retten, glauben die Angesprochenen nicht, und sie glauben oft nicht das Natürlichste. Der Mensch verweigert sich der Störung durch den Störenfried. Ein solcher Störenfried bin ich zeitlebens gewesen, und ich werde immer der Störenfried sein und bleiben, als welcher ich immer von meinen Verwandten bezeichnet worden bin, schon meine Mutter hatte mich, soweit ich zurückdenken kann, einen Störenfried genannt, mein Vormund, meine Geschwister, ich bin immer der Störenfried geblieben, in jedem Atemzug, in jeder Zeile, die ich schreibe. Meine Existenz hat zeitlebens immer gestört. Ich habe immer gestört, und ich habe immer irritiert. Alles, was ich schreibe, alles, was ich tue, ist Störung und Irritierung. Mein ganzes Leben als Existenz ist nichts anderes als ununterbrochenes Stören und Irritieren. Indem ich aufmerksam mache auf Tatsachen, die stören und die irritieren. Die einen lassen die Menschen in Ruhe und die andern, zu diesen andern gehöre ich, stören und irritieren. Ich bin kein Mensch, der in Ruhe läßt, und ich will kein solcher Charakter sein. Heute über die Scherzhauserfeldsiedlung zu schreiben, ist eine Störung der Stadtverwaltung von Salzburg, und ich irritiere, wenn ich mich der Scherzhauserfeldsiedlung erinnere. Ich erinnere mich meiner Lehrzeit, der wichtigsten Zeit meines Lebens, wie ich glaube, und naturgemäß erinnere ich mich der Menschenvorhölle, als welche ich für mich die Scherzhauserfeldsiedlung immer bezeichnet habe. Ich habe nicht gesagt, ich gehe in die Scherzhauserfeldsiedlung, wenn ich in die Scherzhauserfeldsiedlung gegangen bin, sondern ich habe gesagt, ich gehe in die *Vorhölle*. Jeden Tag trat ich in die Vorhölle ein, die von der Salzburger Stadtverwaltung für ihre Ausgestoßenen gebaut worden ist. Wenn es die Vorhölle gibt, habe ich mir damals gesagt, so sieht sie aus wie die Scherzhauserfeldsiedlung. Damals habe ich noch an die Hölle geglaubt, da ich heute nicht mehr an die Hölle glaube, war die Scherzhauserfeldsiedlung die Hölle, etwas Schlimmeres konnte es für die Bewohner der Scherzhauserfeldsiedlung nicht geben. Für alle diese Menschen gab es keine Rettung, und ich sah sie tagtäglich zugrunde gehen, Alte und Junge, sie hatten Krankheiten, von welchen ich niemals gehört hatte und die alle tödliche Krankheiten gewesen waren, und sie hatten Verbrechen begangen, die die furchtbarsten Verbrechen sind. Die meisten wurden in Fetzen hineingeboren und starben in Fetzen. Ihre lebenslängliche Kleidung war der Schlosseranzug. Sie machten in ihrem Wahnsinn Kinder und töteten diese Kinder in ihrer fortgeschrittenen Verblödung als Folge ihrer latenten Verzweiflung. An manchen Tagen atmete ich nichts als den Geruch all derer ein, die in der Scherzhauserfeldsiedlung bei lebendigem Leibe verfaulten. Ein Zufall, so dachte ich, hat mich in die Vorhölle (die Hölle) geführt. Wer die Vorhölle (die Hölle) nicht kennt, ist ein Ahnungsloser, ein Inkompetenter. Die Wahrheit, denke ich, kennt nur der Betroffene, will er sie mitteilen, wird er automatisch zum Lügner. Alles Mitgeteilte kann nur Fälschung und Verfälschung sein, also sind immer nur Fälschungen und *Ver*fälschungen mitgeteilt worden. Der Wille zur Wahrheit ist, wie jeder andere, der rascheste Weg zur Fälschung und zur *Ver*fälschung eines Sachverhalts. Und eine Zeit, eine Lebens-, eine Existenzperiode aufzuschreiben, gleich, wie weit sie zurückliegt, und gleich, wie lang oder kurz sie gewesen ist, ist eine Ansammlung von Hunderten und von Tausenden und von Millionen von Fälschungen und *Ver*fälschungen, die dem Beschreibenden und Schreibenden alle als Wahrheiten und als nichts als Wahrheiten vertraut sind. Das Gedächtnis hält sich genau an die Vorkommnisse und hält sich an die genaue Chronologie, aber was herauskommt, ist etwas ganz anderes, als es tatsächlich gewesen ist. Das Beschriebene macht etwas deutlich, das zwar dem *Wahrheitswillen* des Beschreibenden, aber nicht der Wahrheit entspricht, denn die Wahrheit ist überhaupt nicht mitteilbar. Wir beschreiben einen Gegenstand und glauben, wir haben ihn wahrheits*gemäß* und wahrheits*getreu* beschrieben, und müssen feststellen, es ist nicht die Wahrheit. Wir machen einen Sachverhalt deutlich, und es ist nicht und niemals der Sachverhalt, den wir deutlich gemacht haben wollen, es ist immer ein anderer. Wir müssen sagen, wir haben nie etwas mitgeteilt, das die Wahrheit gewesen wäre, aber den *Versuch*, die Wahrheit mitzuteilen, haben wir lebenslänglich nicht aufgegeben. Wir wollen die Wahrheit sagen, aber wir sagen nicht die Wahrheit. Wir beschreiben etwas wahrheitsgetreu, aber das Beschriebene ist etwas anderes als die Wahrheit. Wir müßten die Existenz als den Sachverhalt, den wir beschreiben wollen, sehen, aber wir sehen, so sehr wir uns bemühen, durch das von uns Beschriebene niemals den Sachverhalt. In dieser Erkenntnis hätten wir längst aufgeben müssen, die Wahrheit schreiben zu wollen, und also hätten wir das Schreiben überhaupt aufgeben müssen. Da die Wahrheit mitzuteilen und also zu zeigen, nicht möglich ist, haben wir uns damit zufriedengestellt, die Wahrheit schreiben und beschreiben zu wollen, wie die Wahrheit zu sagen, auch wenn wir wissen, daß die Wahrheit niemals gesagt werden kann. Die Wahrheit, die wir kennen, ist logisch die

Lüge, die, indem wir um sie nicht herumkommen, die Wahrheit ist. Was hier beschrieben ist, ist die Wahrheit und ist doch nicht Wahrheit, weil es nicht die Wahrheit sein kann. Wir haben in unserer ganzen Leseexistenz noch niemals eine Wahrheit gelesen, auch wenn wir immer wieder Tatsachen gelesen haben. Immer wieder nichts anderes als die Lüge als Wahrheit, die Wahrheit als Lüge et cetera. Es kommt darauf an, *ob wir lügen wollen oder die Wahrheit sagen und schreiben,* auch wenn es niemals die Wahrheit sein kann, niemals die Wahrheit ist. Ich habe zeitlebens immer die Wahrheit sagen wollen, auch wenn ich jetzt weiß, es war gelogen. Letzten Endes kommt es nur auf den Wahrheitsgehalt der Lüge an. Die Vernunft hat es mir schon lange verboten, die Wahrheit zu sagen und zu schreiben, weil damit doch nur eine Lüge gesagt und geschrieben ist, aber das Schreiben ist mir die Lebensnotwendigkeit, darum, aus diesem Grunde schreibe ich, auch wenn alles, was ich schreibe, doch nichts als Lüge ist, die sich als Wahrheit durch mich transportiert. Wir können wohl Wahrheit verlangen, aber die Aufrichtigkeit beweist uns, daß es die Wahrheit nicht gibt. Was hier beschrieben ist, ist die Wahrheit, und sie ist es nicht aus dem einfachen Grund, weil die Wahrheit uns nur ein frommer Wunsch ist. Die Frage, warum jetzt die Lehrzeit und nicht später, zu einem Zeitpunkt, in welchem möglicherweise von mir mit nicht soviel Vorbehalt als Krampf zu berichten wäre, ist leicht beantwortet: Die Stadtgemeinde ist, wie ich aus der Zeitung erfahren habe, darangegangen, die Scherzhauserfeldsiedlung niederzureißen, die ein halbes Jahrhundert alten Ziegel- und Heraklithzeugen abzutragen, die Vorhölle oder die eigentliche Hölle, wie immer, einzuebnen, die Mauern zu zertrümmern, in welchen jahrzehntelang soviel unnützes Unglück geschehen ist. Eine kurze Zeitungsnotiz hat in meinem Kopf wieder in Gang gebracht, was vor langer Zeit in meinem Gedächtnis zum Stillstand gekommen war, den Erinnerungsmechanismus, die Scherzhauserfeldsiedlung betreffend, die fürchterliche Menschensiedlung als Stiefkind der Stadt, von welcher sich alle und jeder fortwährend distanziert hatten. Zu sagen, man sei *aus* oder *in* der Scherzhauserfeldsiedlung oder man arbeite in der Scherzhauserfeldsiedlung oder überhaupt, man habe etwas, gleich was, mit der Scherzhauserfeldsiedlung zu tun, war in jeder Beziehung schrecken- und ekelerregend gewesen. Ein Makel war es, von dort zu sein oder mit dort etwas zu tun zu haben, woraus man nicht sein kann und womit man nicht das geringste zu tun haben kann, und diesen Makel trugen alle Bewohner der Scherzhauserfeldsiedlung lebenslänglich, sie trugen ihn so lange, bis sie tot waren, tot, weil sie im Irrenhaus oder im Kerker oder auf dem Friedhof landeten. Schon die Kinder waren in diesen Geistes- und Gefühlszustand des Unerlaubten, also aus der Scherzhauserfeldsiedlung zu sein, hineingeboren, und sie litten ihr ganzes Leben daran, und die bis heute nicht an diesem Makel zugrunde gegangen sind, gehen in Zukunft daran zugrunde, auch wenn sie selbst das abstreiten sollten. Die Scherzhauserfeldsiedlung war ein Verzweiflungsghetto einerseits, ein Beschämungsghetto andererseits. Man merkte diesen Menschen an, daß sie aus der Scherzhauserfeldsiedlung waren, wie man in allen Städten und vor allem in allen Großstädten, wenn man darin geschult ist, jedem anmerkt, woher er kommt, aus welchem Viertel der Stadt, und der kritische Beobachter weiß im Augenblick der Begegnung, dieser ist aus dem Fegefeuer oder aus der Vorhölle oder aus der Hölle der Stadt. Von weitem schon erkannte man in dieser Stadt, die immer vorgegeben hat, keine Vorhölle, geschweige denn eine Hölle zu haben, die Vorhöllen- oder die Höllenbewohner, verirrte, konfuse Geschöpfe, unsicher daherhastend und in jedem Falle als eine außen und innen unglückliche Natur erkennbar, Außenseiterexistenzen, waren sie als Scherzhauserfeldbewohner abgestempelt. Der Staat, die Stadt und die Kirche hatten an diesen Menschen längst versagt und aufgegeben. Die Bewohner der Scherzhauserfeldsiedlung waren Aufgegebene und aufgegeben nicht nur von der Umwelt als einer perversen Betrugs- und Geschmacksgesellschaft, sondern sie, die Scherzhauserfeldsiedlungsbewohner, hatten sich längst selbst aufgegeben. Als ob diese Menschen die Pest hätten, so begegnete man ihnen, sie waren schon bei ihrem Eintreten in ein Stadtgeschäft gescheitert, bei ihrem Auftauchen in einem Amt erniedrigt und gescheitert, bei ihrem Erscheinen vor Gericht schon abgeurteilt und erledigt. Die Salzburger Gesellschaft betrachtete insgesamt die Bewohner der Scherzhauserfeldsiedlung als die Bewohner eines Aussätzigenlagers, wie die Bewohner selbst, als ein Straflager, wie die Bewohner selbst, als ein Todesurteil, wie die Bewohner selbst. Hier verkümmerte das Leben und war im Grunde als nichts anderes möglich als ein ununterbrochenes Absterben, während ein paar hundert Meter weiter eine perverse Wohlstands- und Lustfabrik sich als die alleinige Beherrscherin der Welt gebärdete. Hier, aus der Scherzhauserfeldsiedlung, ausbrechen zu wollen und einen sozusagen besseren eigenen Weg zu gehen, war allen diesen Menschen als Unmöglichkeit bewußt, und die Beispiele derer, die einen solchen Ausbruchsversuch und einen solchen besseren eigenen Weg versucht haben, zeigen, daß ein solcher Ausbruchsversuch und ein solcher Versuch eines besseren eigenen Lebens nur in noch viel tiefere Verzweiflung und in noch viel größere Isolierung geführt hat. Die eines Tages weggegangen sind, sind, weil sie zeitlebens, gleich wohin sie gegangen sind, und gleich, was sie gemacht haben, doch Bewohner der Scherzhauserfeldsiedlung geblieben, in der sogenannten Fremde umgekommen oder zurückgekommen, um noch viel elendiger in der Scherzhauserfeldsiedlung zugrunde zu gehen als die Daheimgebliebenen. Einer hatte sich in allen möglichen österreichischen und deutschen Städten als Schauspieler versucht und ist als sogenanntes *total verkommenes Subjekt* (so seine Mutter) nach mehreren Jahren zurückgekommen und auf dem halbverfaulten mütterlichen Diwan unter Krämpfen als ein ausgemergelter, kaum mehr als Mensch, geschweige denn als ein schöner Mensch, der er zweifellos gewesen war (so seine Mutter), krepiert. Einer hat es als Eintänzer, einer in Amerika, einer in Australien probiert wie Hunderte andere aus der Siedlung auch in Jahrzehnten, aber sie sind zurückgekommen und sind in der Scherzhauserfeldsiedlung verkommen und zugrunde gegangen. Die Mütter und die Väter haben darauf gewartet. Sie alle haben, sehr oft über das eiskalte Ausland, einen Umweg zu ihrem eigentlichen Ziel des Verkommens und Absterbens gemacht, während ihre Eltern und Geschwister und anderen Angehörigen sich versoffen und durch Saufen zerstört haben. Die Kinder sind in saufende und den ganzen Tag als einen ungewollten Stumpfsinn und als ein Verzweiflungsdelirium durchlaufende Familien hineingeboren, in welchen sie von Anfang an zersetzt und zerstört werden mußten. Sie brachten es in fast allen Fällen nicht weiter in ihrem Leben, das eine einzige fürchterliche Existenz gewesen war, als bis zur Putzfrau, waren sie weiblich, und bis zum Hilfs- und zum Kohlenarbeiter, waren sie männlich, und sie wechselten die Stellungen alle Augenblicke, und sie flüchteten fortwährend in Krankheiten und in Verbrechen, und im Grunde war ihr fürchterliches Leben als fürchterliche Existenz nichts anderes als dieser fortwährende

Wechsel zwischen Krankheit und Verbrechen gewesen bis in ihren Tod. Sie existierten in einem ununterbrochenen Anschuldigungs- und Beschuldigungsmechanismus, und sie beschuldigten alles und jedes, um sich Luft zu machen, um überhaupt atmen zu können, Gott und die Welt und sich selbst alle untereinander und gegenseitig. Sie existierten alle in einem ununterbrochenen *Anschuldigungs- und Beschuldigungswahnsinn als Todeskrankheit.* Sie hatten im Grunde nichts als Zersetzen und Zerstören, daraus existierten sie, aus nichts sonst, und sie zersetzten und zerstörten sich pausenlos gegenseitig. Sie existierten mit der tödlichen Intensität des tödlich Verzweifelten und flüchteten, Männer wie Frauen, abwechselnd in die Kranken- und Irrenhäuser und in die Gefängnisse. Zuerst hatte ich die Anzüglichkeiten gewisser Kundschaften, die dadurch nicht schlechter oder besser gewesen waren, nicht verstanden, nichts kapiert, und ich war ihren zweideutigen und dreideutigen und vieldeutigen Bemerkungen und Redensarten nicht auf den Grund gekommen, aber schon nach ein paar Tagen war mir klar gewesen, wovon sie redeten, und zwar auch, warum sie darüber redeten, worüber die Leute in der Stadt natürlich nicht offen redeten, und warum diese offene Rede mir eingeleuchtet und besser gefallen hat als die verschwiegene Heuchelei der anderen. Die sogenannten unanständigen Bemerkungen und Redensarten in ihren Hunderten und Tausenden von Variationsmöglichkeiten habe ich in der

Scherzhauserfeldsiedlung natürlich in der kürzesten Zeit kennengelernt. Diese Leute hatten nie ein Blatt vor den Mund genommen. Ich hatte nur die kürzeste Zeit gebraucht, um mich an ihre *offene Art* zu gewöhnen, und sehr oft habe ich selbst alle diese Leute dann, nach ein paar Wochen und Monaten, in dem Erfindungsreichtum, dieses Thema betreffend, weit übertroffen und mich nicht zurückgehalten. Hier durfte ich, was ich zu Hause niemals durfte, mich ganz einfach in dem ganzen Reichtum meiner Phantasie gehen lassen, daß es der Scherzhauserfeldsiedlung entsprechend gewesen war, ist nicht verwunderlich. Einmal mit dem Mechanismus der häufigsten Unterhaltungssparten im Keller vertraut, hatte ich gewonnen, ich nützte den Reichtum meiner außergewöhnlichen Kombinationsgabe aus und stellte selbst die Abgebrühtesten in den Schatten. Die Jugend und der Charme des Jünglings, der ich damals gewesen war, dazu die Gabe eines fortwährend paraten, in allen Farben und Zwischenfarben schillernden Wortschatzes, ich war gemacht. Es hatte fünf Hauptthemen der Kellerunterhaltung gegeben, die Lebensmittel, die Sexualität, den Krieg, die Amerikaner und, völlig isoliert von den schon angeführten, die Atombombe, deren Wirkung auf die japanische Stadt Hiroshima noch allen in den Knochen gewesen war. Die Lebensmittel und wie man an solche kommen konnte, beschäftigten zu dieser Zeit Tag und Nacht alle Leute, und es hatte natürlich Hunderte Wege und Kanäle zu den Lebensmitteln gegeben, der offizielle Weg zu Lebensmitteln waren die Lebensmittelmarken gewesen, die in bestimmten Abständen, je nach der Anlieferung und dem Vorhandensein bestimmter Lebensmittel, in den sogenannten Lebensmittelaufrufen in den Zeitungen und im Radio freigemacht worden sind. Aber es gab auch die inoffiziellen Wege zu den Lebensmitteln, unterirdische Kanäle zu den Amerikanern beispielsweise, in den Betrug, in den Diebstahl und so fort. Das ganze Volk war im strengen Sinne im Grunde kriminell geworden, um überleben zu können. Auch der Keller war nicht frei gewesen von Unrechtmäßigkeit. Manche bekamen eben mehr, als ihnen tatsächlich zugestanden war, unser Chef, so sehr er auch an totale Vertuschung geglaubt hatte, war ertappt. Man tauschte eine goldene Armbanduhr in zwei Butterpakete von je einem halben Kilo um. Die Angestellten der Großhandelsfirmen waren den Bestechungsversuchen der Kleinkrämer oft unterlegen. Unser Chef ist nicht der Ungeschickteste gewesen und, wer war schon korrekt in dieser Zeit, die Lebensmittelkriminalität ist das hervorstechendste, natürlichste Kennzeichen aller gewesen. Das Verbrechen, an Lebensmittel zu kommen, die einem nicht zugestanden sind, hat jeder begangen. Vor der Atombombe hatten sie Angst, und von den Amerikanern redeten sie mit ohnmächtiger Herablassung einerseits, mit Unterwürfigkeit andererseits, der Krieg war ihr Lieblingsthema. Die Frauen redeten von ihren Männern und die Männer von ihren

Kriegsschauplätzen. Die Frauen machten die Verwundungen ihrer Männer zu den Höhepunkten ihrer Mitteilsamkeit, die Männer zielten immer nur auf Smolensk, auf Stalingrad, auf Calais, El Alamein und auf Narvik. Und wenn wir es Hunderte Male gehört hatten, wir mußten beinahe jeden Tag wieder auf diese Kriegsschauplätze, und die Verwundungen kannten wir bis in die kleinsten, bis in die unscheinbarsten Einzelheiten hinein, daß einem die Blase nicht mehr funktionierte, weil seine Hoden von einem Granatsplitter bei Sewastopol angeritzt worden waren, war uns immer wieder von seiner Frau detailliert worden. Die Frauen redeten von der Gefangenschaft ihrer Männer, und wir bekamen von ihnen sozusagen aus zweiter Hand eine Schilderung der Zustände in den russischen und in den amerikanischen und in den englischen Lagern. In den Köpfen der Männer des Volkes sind die Kriegsschauplätze, mit Sieg oder Niederlage gekennzeichnet, ist ihnen gleichgültig, die lebenslänglichen Höhepunkte. Wer einen Vater hatte und einen Onkel, der hörte fast immer nur von ihren Heldentaten, auch ihre Niederlagen hatten sie zu Heldentaten gemacht, ihre Schweinereien und Schweinigeleien im Kriege hefteten sie nach dem Kriege ungeniert als Orden an ihren Erinnerungshorizont. Die Frauen erzählten im Keller mit der Leidenschaft innerster Anteilnahme von den Heldentaten ihrer Männer, von den Greueln der Feinde. Die *Heimkehrer* hatten immer ein großes heldenmütiges Wort geführt, nur ihre tatsächlich für ihr Leben Verstümmelten schwiegen, aus ihnen war kaum etwas herauszubringen. Wir Kinder hatten bald alles über die Pioniere und über Gebirgsjäger gewußt, und wir hörten von einem bestimmten Zeitpunkt an über Narvik und über Trondheim und über Calais und über Jajce und Oppeln und Königsberg immer dasselbe. Die Männer kamen mit der leeren Rumflasche in den Keller, und während ihnen die Flasche angefüllt wurde, machten sie, an die Budel gelehnt, Kriegsgeschichte. Ihr Theater waren Kanonendonner und Tote gewesen, die Stalinorgel und der Leopard, der General Dietl und der Generalfeldmarschall Paulus. Sie gaben abwechselnd Hitler und Churchill schuld an der Misere, aber sie gaben mehr Churchill als Hitler schuld. Und wie sie nach Kriegsschluß und daß sie überhaupt noch nach Hause gekommen waren, davon berichteten sie beinahe ununterbrochen, und wahrscheinlich träumten sie, wenn sie mit keinem Menschen darüber reden konnten, davon. Der Krieg war nur an der Oberfläche schon aus, in den Köpfen aller Leute wütete er weiter. Jeder hatte gewußt, wie die Niederlage zu vermeiden gewesen wäre, und jeder hatte andererseits alles vorausgesehen. Wenn einer, an die Ladenbudel gelehnt, seine Kriegserfahrung zum Inbegriff aller menschlichen Wichtigkeit und Denkwürdigkeit machte, hatten wir einen Generalstäbler an der Ladenbudel. Die Ausnahme waren die Schweigenden mit nur einem übriggebliebenen Arm oder mit einer Metallplatte im Kopf oder ganz ohne Beine. Sie ließen sich auf keine Kriegsdebatte mehr ein, und die meisten von diesen verließen, wenn plötzlich vom Krieg die Rede war, den Keller. Der Krieg ist zu allen Zeiten immer Gesprächsstoff Nummer eins unter den Männern gewesen. Der Krieg ist die Poesie des Mannes, durch welche er sein Leben lang Aufmerksamkeit und Erleichterung fordert. Sie flüchteten, jeder auf seine ihm angeborene Weise, in Gemeinheit und Niedertracht und regenerierten sich im Zustand der totalen menschenunwürdigen Apathie. Sie hatten von früh an hassen gelernt und den Haß in der Scherzhauserfeldsiedlung zu dem höchstentwickelten gegen alles gemacht. Haß erzeugt Gegenhaß, und sie haßten einander gegenseitig wie alles andere pausenlos bis zur Erschöpfung. Und ihre Erschöpfungszustände waren nur ein Mittel zum Zwecke ihrer Selbstzerstörung gewesen, in ihnen sinnierten sie sich ein neues Elend und neue Krankheiten und neue Verbrechen zusammen. Sie flüchteten von dem einen Elend in ein anderes, von einem Unglück in ein anderes und in ein immer tieferes, auswegloseres hinein, und einer hat immer den anderen mitgerissen. Sie flüchteten in die Umwelt und waren von dieser, die nur tödliche Schläge kannte, in Kürze zurückgestoßen. In Wunschbilder flüchteten sie, die am Ende nichts als Alpträume waren, und in Schulden, die auf raschestem Wege in das Gefängnis führten, in ihre übersteigerten Einbildungskräfte, aus welchen sie als Erschlagene übrigblieben. In Träume und

Phantasien flüchteten sie, die sie zu Tode schwächten. Sie, die Bewohner der Vorhölle, die in Wahrheit die Hölle gewesen ist, waren immer um alle Möglichkeiten gebracht, es war ihre Natur, keine Möglichkeit zu haben, außer der Möglichkeit, zugrunde zu gehen. Sie hatten zwei Existenzabbruchsmöglichkeiten, sonst keine Wahl: Sie mußten sich umbringen zu einem bestimmten Zeitpunkt oder sie legten sich ins Bett, um zu sterben zu einem bestimmten Zeitpunkt. Der Lebens- oder Existenzwille, da und dort auch in der Scherzhauserfeldsiedlung als eine Groteske zur Schau getragen, machte die Zustände in der Vorhölle, die die Hölle gewesen ist, nur noch grauenhafter. Aus ein paar Fenstern hörte man in regelmäßigen Abständen, vornehmlich an den Wochenenden, Musik, eine Ziehharmonika, eine Zither, eine Trompete, ab und zu war auch gesungen worden, aber das alles war eine tödliche Heiterkeit, der am Vortag so schön sein Volkslied gesungen hatte, war gegen Mittag, ich sperrte gerade unser Geschäft ab, im Sarg aus dem Haus getragen, die Zitherspielerin hatte sich nicht lange darauf erhängt, und der Trompetenbläser war in der Lungenheilanstalt in Grafenhof im Pongau gelandet. Im Fasching, am Faschingsdienstag, hatten sie ihren Höhepunkt: Sie hatten sich alle möglichen Larven gekauft und sogenannte lustige oder schaurige Kleider geschneidert und rannten, als wären sie für diesen Tag wild geworden, in der Siedlung aufgebracht hin und her, und sie glaubten, man erkenne sie nicht, während man doch jeden von ihnen sehr rasch erkannte. Die versoffene Stimme kennst du, diesen hinkenden Gang kennst du, habe ich gedacht, aber wehe, man hätte diesen Menschen gesagt, daß man sie erkannt habe. Auch im Kostüm kamen sie mit der gewohnten Rumflasche ins Geschäft und blieben den Liter schuldig. Da sie so viele Kinder in die Welt setzten wie keine andere Menschenansammlung in der Stadt, durften sie auch den Rekord in Begräbnissen haben. Ihr regelmäßiger Ausflug in die sogenannte Große Welt war ihre Teilnahme an den Leichenbegräbnissen auf dem Kommunalfriedhof oder auf dem Lieferinger Friedhof, wenn einer von ihnen gestorben war. Ihre Schicksale endeten, mit wenig Ausnahmen, im Schachtgrab oder im Massengrab. Nach den Begräbnissen kauften sie sich einen Leichenschmaus aus allen möglichen Lebensmitteln und Delikatessen in unserem Geschäft zusammen und ließen ihn aufschreiben. Die wenigsten Kunden bezahlten in barem Geld, alle hatten ein sogenanntes Aufschreibebuch, und viele bezahlten monatelang nicht, bis dem Herrn Podlaha die Geduld riß, dann bezahlten sie oder bezahlten nicht und gingen in das zweite Lebensmittelgeschäft in der Scherzhauserfeldsiedlung, bis sie auch dorthin nicht mehr gehen konnten, und kamen zurück und bezahlten. Der Inhaber des zweiten Lebensmittelgeschäfts hatte von vornherein kein Aufschreibebuch, er hatte sich niemals auf das Risiko, seinen Kunden auch nur den geringsten Kredit zu geben, eingelassen, diese Konsequenz mußte er mit einem viel bescheideneren Umsatz als wir bezahlen, und tatsächlich konnte der zweite Lebensmittelhändler von seinem Umsatz kaum existieren. Die Großzügigkeit Podlahas, vielmehr seine Schläue, machten sich bei ihm bezahlt, fast alle Leute in der Siedlung kauften bei ihm ein, und sie kauften so viel ein, weil sie so verzweifelt waren, mit unaufhörlichem Einkaufen und Verzehren von Lebensmitteln und Delikatessen glaubten alle diese Bewohner der Scherzhauser Vorhölle oder Hölle, sich die Verzweiflung erträglicher machen zu können, und es ist bekannt, daß die Ärmsten und die Unglücklichsten am meisten einkaufen und am meisten essen und sich in eine immer größere und teuflischere und tödlichere Verzweiflung hineinkaufen und hineinessen. Beinahe ihr ganzes Geld trugen sie in unser Geschäft, an Auszahlungstagen leerte sich unser Laden beinahe vollkommen, und das halbe Magazin mußte ausgeräumt werden, alle diese Leute hatten viele Kinder und dadurch viele Lebensmittelmarken, und was nicht auf Marken zu kaufen und frei erhältlich gewesen war, kauften sie ungeschaut und in größten Mengen. Und sie kauften vor allem in großen Mengen, was sie nicht brauchen konnten, und im Anschaffen von solchen für sie vollkommen nutzlosen Waren war unser Chef erfinderisch, wo er ihrer habhaft werden konnte, kaufte er billig Hunderte von Gegenständen, wie schmiedeeiserne Kerzenleuchter oder beispielsweise Weinheber, ein, die die Leute alle aufkauften, obwohl sie weder Kerzenleuchter noch Weinheber brauchen konnten, denn sie brannten keine Kerzen ab, und sie tranken den Wein direkt aus der Flasche, ohne Umweg aus Gläsern. Die Gegenstände konnten nicht scheußlich und unbrauchbar genug sein, daß sie nicht in der kürzesten Zeit von diesen Leuten aufgekauft worden wären. Für einen Mann wie Podlaha war diese Zeit der Einkaufswut und der Einkaufsbesessenheit aller Leute in der Scherzhauserfeldsiedlung eine geschäftlich ideale, er, der auch noch im Anbringen aller Waren der Geschickteste gewesen ist, der mir jemals untergekommen ist, hätte alles verkauft und alles immer restlos und zu den für ihn günstigsten Bedingungen. Aber er war nicht nur berechnend, er war im Grunde gutmütig, und er war nicht der Typus, der allein nur zum Geschäftemachen auf der Welt ist, und nicht nur aus Geschäftsgründen hatte er sich hier in der Scherzhauserfeldsiedlung seinen Laden aufgemacht, das hätte er überall sonstwo auch tun können, er war, möglicherweise aus ähnlichen Beweggründen wie ich, von der Scherzhauserfeldsiedlung als einer Zuflucht, so absurd das ist, angezogen gewesen. Für ihn war, wie für mich, die Scherzhauserfeldsiedlung eine Zuflucht nach seinem Scheitern in Wien gewesen, er, der gelernte Kaufmann, der an der Wiener Musikakademie studieren und einen musikalischen Hauptberuf hatte erreichen wollen und in der Folge der Kriegsgeschehnisse sein Studium hatte abbrechen müssen, die Akademie und alle mit ihr in Zusammenhang stehenden Hoffnungen begraben, war nicht nur um Geschäfte zu machen nach Salzburg gekommen, dazu war dieser intelligente Mensch denn auch doch zu sensibel, der Rückgriff auf seinen ursprünglich erlernten Beruf und die daraus resultierende Berechtigung zur Eröffnung und Führung eines Lebensmittelladens waren nur ein Ausweg aus seiner Persönlichkeitsmisere gewesen, und wahrscheinlich hatte sein Instinkt ihn nicht einfach *in* der Stadt Salzburg einen Laden aufmachen lassen, sondern *am Rand der Stadt, in der Scherzhauserfeldsiedlung*, die auch ihn angezogen gehabt haben muß, denn diese Siedlung war an sich eine große Faszination für einen von der sogenannten normalen Welt abgestoßenen Menschen, und der Podlaha war von der sogenannten normalen Welt abgestoßen, wie ich von dieser sogenannten normalen Welt abgestoßen gewesen war, in einem solchen Falle vollzieht sich ganz selbstverständlich der Schritt in die Vorhölle oder in die Hölle, er fühlte sich wahrscheinlich so wie ich als ein Vorhöllen- oder Höllennutznießer. Auch er, Podlaha, war ein Außenseiter, und in wie hohem Grade, erfuhr ich erst viel später. Er hatte den richtigen Umgang mit den Kunden, vornehmlich mit den Siedlungsfrauen, die eine Unterhaltung mit ihm schätzten, und ich habe im Hinblick auf Menschenumgang viel von ihm gelernt. Hier in der Siedlung hatte er durch Eröffnung des Kellers, den er nach seinem Wunsche, nach seinen Plänen ausstatten und einrichten konnte, sich seine Selbständigkeit, an welcher ihm genauso viel wie mir an meiner gelegen war, erhalten und sein eigenes Außenseiterleben als von der normalen Welt isolierte Existenz leben und existieren können, er wohnte nicht in der Siedlung, sondern bei einem Onkel von ihm in einem anderen Stadtteil, dieser Onkel hatte ihm, vermute ich, den Sprung von Wien nach Salzburg ermöglicht und, weil der in der Stadt einflußreich war, die vielen Hindernisse, die sich auch damals einer, gleich welcher, Geschäftseröffnung durch einen Wiener in Salzburg in den Weg stellten, ausgeräumt. Der Podlaha hatte immer und wahrscheinlich ununterbrochen von der Musik geträumt, aber eine Existenz als kleiner Lebensmittelhändler geführt, er mag sich als Musiker gefühlt haben, der er zweifellos gewesen ist, ohne tatsächlich Musiker zu sein, denn er spielte kein Instrument mehr, er war aber Lebensmittelhändler, er träumte, glaube ich, den ganzen Tag, Musiker zu sein und war doch ununterbrochen Lebensmittelhändler. Seine Natur hatte viel gemeinsam mit meiner, wieviel und in wie hohem Maße, erkenne ich erst jetzt, aber darüber zu reden, ist nicht die Zeit. Der Zufall, wenn es den Zufall gibt, hatte zwei Menschen, den Podlaha und mich, zusammengeführt, die sich bis in kleinste Einzelheiten ihres Charakters hinein ähnlich waren. Das Wesen des Podlaha war ein mir nahe verwandtes, und unser beider Existenz war in entscheidenden Merkmalen parallel. Wenn ihm sein Beruf, nämlich der des Lebensmittelhändlers, lästig und, wie sehr oft, unerträglich gewesen war, sagte er und immer mit den gleichen Sätzen und in der immer gleichen Anklagesprache, daß er eigentlich Musiker hatte werden wollen, er hatte, auf Wunsch seiner Eltern, Kaufmann gelernt, hat aber doch Musiker werden wollen, eine Karriere bei den Wiener Philharmonikern wäre sein Gipfel als Ziel gewesen. Der Krieg hatte seinen Plan vereitelt, er hatte ihn aus Wien vertrieben, und er, Podlaha, hatte noch froh sein müssen, anstatt bei den Wiener Philharmonikern die Tuba zu blasen oder die Trompete, in der Scherzhauserfeldsiedlung eine Zuflucht zu finden in dem Keller, in welchem ich selbst ein paar Jahre später Zuflucht gefunden habe. Der Podlaha war nicht, wie seine Berufskollegen, stumpfsinnig und immer nur angetrieben von Geldgier, ich hatte sogar den Eindruck, daß ihm, der ein begeisterter Spaziergänger gewesen war, an Geld nicht viel oder wenigstens nicht in der Hauptsache gelegen war. Schon in den ersten Stunden meiner Tätigkeit im Keller hatte er mich auf Menschen aufmerksam gemacht, mit welchen ich *zaghaft* umgehen sollte, auf eine etwa sechzig oder fünfundsechzig Jahre alte Frau Laukesch oder Lukesch, die jeden Tag über Jahre in den Keller gekommen ist mit der Rumflasche, und deren Sohn sich als Volksschauspieler in einem zu einem Volkstheater umgebauten Bierkeller in Schallmoos versuchte und aus dem naturgemäß nichts als ein Säufer geworden ist. Der Podlaha hatte Freude am Geschäft, wie auch ich immer Freude am Geschäft gehabt habe, und tatsächlich weiß ich, daß ich, hätte ich später darauf Wert gelegt, ein tüchtiger und überhaupt nicht auf den Kopf gefallener Kaufmann geworden wäre, aber im Grunde nützte er die Situation der Vorhöllen- oder Höllenbewohner nicht aus, er hätte die Möglichkeit gehabt, diese Leute, wie gesagt wird, *nach Strich und Faden* auszunützen, er tat es nicht, er handelte *redlich*. Er ging mit den Kunden hart, aber immer korrekt, vornehmlich mit den älteren Frauen und mit den Kindern *behutsam* um, dort, wo es notwendig gewesen war, hatte er die Rolle des Seelen- und Nervenarztes übernommen, er gab Ratschläge und gab Medikamente, und sehr oft hatte er Einzel- oder ganze Familienkatastrophen verhindert. Wie man mit Menschen umzugehen hat, habe ich, wie von niemandem sonst, von ihm gelernt, und ich bin überzeugt, daß ich den Umgang ohne Schwierigkeiten, den ich heute mit den sogenannten Leuten aus dem Volk habe, dem Podlaha, nämlich seinem tagtäglichen Umgang mit den in den Keller gekommenen Menschen verdanke, er ist mir ein guter Lehrer, nicht nur was den Kaufmannsberuf betrifft, gewesen, sondern auch im Umgang mit Menschen. Wo anderen alles andere Menschen Betreffende schwerfällt, habe ich niemals Schwierigkeiten gehabt, seit ich beim Podlaha in die Lehre gegangen bin. Freilich, ich bin der Aufnahmefähigste gewesen, meine ganze Lehrzeit im Keller ist eine intensive Beobachtungszeit gewesen, und die Fähigkeit zur intensiven Beobachtung habe ich von meinem Großvater gelernt. Ich hätte, denke ich heute, nach der Schule, die mir mein Großvater im Alleinunterricht angedeihen hatte lassen, als nächsten Lehrer keinen besseren haben können als den Podlaha. Mein Großvater hatte mich im Alleinsein und Fürsichsein geschult, der Podlaha im Zusammensein mit den Menschen, und zwar im Zusammensein mit vielen und mit den verschiedensten Menschen. Bei meinem Großvater war ich, ideal, weil so früh, in die philosophische Schule gegangen, beim Podlaha in der Scherzhauserfeldsiedlung in die größtmögliche und in die absolute Realität. Diese zwei frühen Schulen waren für mein Leben entscheidend und, eine die andere ergänzend, sind sie bis heute das Fundament meiner Entwicklung. Ich ging in das Lebensmittelgeschäft als Keller, und der Keller als Lebensmittelgeschäft selbst war *mein ureigentliches Lebensmittel,* das hatte ich gleich begriffen, und dieser Erkenntnis mußte sich alles unterordnen. Zu Hause konstatierten sie die Veränderung, die mit mir vorgegangen war, von dem Augenblick meines Lehrstellenantritts, ich hatte ihnen nur gesagt, ich ginge jetzt nicht mehr ins Gymnasium, sondern in eine Lebensmittelhandlung, als ich sagte, wo die sei, nämlich in der Scherzhauserfeldsiedlung, glaubten sie mir nicht, aber sie mußten sich mit der Tatsache abfinden, ich ging *tatsächlich* in die Scherzhauserfeldsiedlung, wenn ich in der Frühe um halb acht aus dem Haus ging, zusammen mit dem Schlossergesellen aus dem Nachbarhaus, der übrigens später ein außerordentlich begabter Schauspieler geworden ist, der in der Zwischenzeit auf fast allen deutschen Bühnen gespielt hat. Meine Entscheidung hatte ich allein und vollkommen für mich allein getroffen, nachdem ich von meinen Erziehern jahrelang allein gelassen worden war, sie hatten keinen Ausweg mehr gewußt, sie hatten mich abgeschrieben, sie hatten keine Vorstellung von meiner Zukunft, sie selbst hatten keine Zukunft, wie sie fühlten, wie sollten sie meine Zukunft sehen, sie hatten nur noch ihr Unglück und die Nachkriegskatastrophe, die über sie hereingebrochen war, ohne daß sie mit dieser Nachkriegskatastrophe fertig werden konnten, sie waren nur fähig, ihre Katastrophe anzustarren, fortwährend starrten sie ihre eigene Katastrophe, die sie als Nachkriegskatastrophe bezeichneten, an und waren untätig. Sie waren schon halbverrückt vom Anstarren ihrer Katastrophe, ihrer Nachkriegskatastrophe. Die Familie, die niemals eine gewesen ist, weil alles in und an diesen Menschen immer und zeitlebens immer gegen den Familienbegriff gewesen ist, war eine Ansammlung von Blutsverwandten, die in einer einzigen ihnen noch zur Verfügung gebliebenen Wohnung hausten, neun Menschen, die sich nicht mehr sehen und aushalten konnten, und die von meiner Mutter und ihrem Mann, meinem Vormund, allein erwarteten, daß sie am Leben erhalten werden, daß mein Vormund, man denke, für alle neun allein Geld verdient und meine Mutter, man denke, für alle neun tagtäglich kocht. Sie verabscheuten ihren Zustand, aber sie änderten ihn nicht. Jeder war jedem lästig geworden mit der Zeit, und die Hoffnungslosigkeit hatte bald ihr Gefühls- und Geistesvermögen verbraucht. Insoferne waren sie froh, daß sich einer von ihnen selbständig gemacht hatte, wohin selbständig, war ihnen gleichgültig gewesen, sie fragten nicht danach, ich hätte tun können, was ich wollte, sah ich plötzlich, wenn ich mich nur selbst erhalte und nichts mehr von ihnen forderte. Aber ich war schließlich erst sechzehn Jahre alt, als ich mich entschlossen habe, das Gymnasium gegen den Keller des Herrn Podlaha einzutauschen. Ab dem sechzehnten Jahr verdiente ich für den Rest meines Lebens mein Geld selbst. Für mich hatten sie ab diesem Zeitpunkt keinen Groschen mehr auszugeben. Vom sechzehnten Lebensjahr an keine Dankbarkeit mehr. Dafür bin ich dankbar. Lieber bin ich in die Vorhölle oder, besser, in die Hölle gegangen, als im Gymnasium zu bleiben und auf die Meinigen angewiesen zu sein. Aber auch für sie war mein neuer Lebensschauplatz von Vorteil. Ich versorgte sie, nicht immer auf dem Boden der Rechtmäßigkeit, mit Lebensmitteln und rettete sie. Und die Rettung war oft nichts anderes als ein Weißbrotwecken oder eine dürre Wurst. Oder eine Konservenbüchse. Mein Großvater, von dem ich *alles* erhofft hatte, war selbst am Ende gewesen. Er hatte mir den Weiterweg nicht mehr zeigen können. Was ich von ihm gelernt hatte, taugte auf einmal nur mehr noch in der Phantasie, nicht in der Wirklichkeit. So fühlte ich mich plötzlich auch von jenem Menschen allein gelassen, auf den ich hundertprozentig vertraut hatte. Er hatte etwas zwingen wollen mit mir, was nicht zu zwingen gewesen war. Im Grunde war eingetreten, was eintreten hatte müssen, das Gymnasium hatte sich in mir ad absurdum geführt, und schuld an meinem Studierunglück war mein Großvater gewesen, der mich das Alleinsein gelehrt hatte bis zum Exzeß, aber vom Alleinsein und Abgeschiedensein kann kein Mensch leben, im Alleinsein und Abgeschiedensein geht er zugrunde, muß er zugrunde gehen, die Gesellschaft als tödliche Umwelt bestätigt, wovon ich spreche. Ich mußte mich, wollte ich nicht zugrunde gehen, trennen auch von dem Menschen, der für mich alles gewesen war, also mußte ich mich von allem trennen, und ich trennte mich von allem von einem Augenblick auf den andern, die Konsequenzen waren mir nicht bewußt gewesen, die Trennung mußte vollzogen sein. Ich hätte vielleicht noch jahrelang in die Schule gehen und mich mit dieser Verrücktheit und Absurdität und in Wahrheit tödlichen Krankheit an jedem Tage in der Frühe verbünden können, jahrelang diesen längst unerträglichen Zustand eines tödlichen Widerwillens gegen alles hinausziehen können, am Ende wäre mir nichts übriggeblieben als die Trennung und wahrscheinlich dann nicht nur die Trennung von der Schule und von allem, das mit dieser unglückseligen Schule zusammenhing und das beinahe alles gewesen ist außer meinem Entschluß, sondern die Trennung von meinem Leben, der Schlußstrich unter meine schon fast verlorene Existenz. Die Zeit war schon die längste eine unerträgliche, aber *noch nicht reif für die Trennung*. Ich konnte den Tag nicht voraussehen, und mir selbst war er so überraschend gekommen, daß ich nicht wußte, wie mir geschehen war, als ich kehrtmachte in der Reichenhaller Straße. Gerade hatte ich neue Schulbücher eingekauft, neue Hefte, mein Großvater war schon wieder auf der Suche nach einem Nachhilfelehrer in Mathematik. Daß ich die Flüche meines Vormunds gegen mich, die tagtäglichen Verfluchungen meiner Ernährer noch eine endlose Zeit über mich ergehen lassen und mich von diesen Verfluchungen zu Tode einschüchtern lassen müsse, habe ich gedacht und dann urplötzlich die Trennung vollzogen. Meine Aufmerksamkeit war auf das Haus des Regierungsrates gerichtet, in welchem der Sohn des Regierungsrats auf mich wartete, gleich werde ich läuten, und mein Mitschüler, der Einarmige, dem eine von den Deutschen weggeworfene sogenannte Panzerfaust den linken Arm vom Rumpf abgerissen hatte irgendwo in einem oberösterreichischen Wald, wird in der Haustür erscheinen und sich mir anschließen, und wir werden den Rest der Reichenhaller Straße zum Neutor und durch das Neutor und am Sacellum vorbei ins Gymnasium gehen, dachte ich. In diesem Augenblick hatte ich kehrtgemacht und bin zurück und bin über die Aiglhofwiesen durch Mülln in die Gaswerkgasse gelaufen, weg, weg, *in die entgegengesetzte Richtung.* Und ich habe von diesem Zeitpunkt an nie mehr etwas von dem Sohn des Regierungsrats gesehen, auch nichts mehr von ihm gehört, und ich habe viele Jahre lang die Reichenhaller Straße nicht mehr betreten, und ich vermied es jahrelang, durch das Neutor zu gehen, und in das Gymnasium hineinzugehn, ist mir noch heute unmöglich. Meinen Großvater muß die Tatsache, daß ich selbst aus mir von einem Augenblick auf den andern, also aus einem Gymnasiasten einen Lehrling in einem Lebensmittelgeschäft gemacht habe, zutiefst deprimiert haben, meine Mutter wahrscheinlich auch, die übrigen mag dieses Problem nicht beschäftigt haben. Mein Vormund verspürte nichts als Erleichterung, er hatte gemeint, es wäre ihm gleichgültig gewesen, auch wenn ich in eine Maurerlehre gegangen wäre, hätte er nichts dagegen gehabt, und seine Reaktion war verständlich, das Chaos unter allen, die er allein zu erhalten hatte, war ihm über den Kopf gewachsen. Er durfte sich Gleichgültigkeit leisten, zynisch war er nicht gewesen. Mein Onkel sah in meinem Entschluß und daß ich tatsächlich Kaufmannslehrling geworden war, die Bestätigung seiner Vermutung, ich sei *aus Unfähigkeit aus dem Gymnasium* geflohen, eifersüchtig in bezug auf meinen Großvater, seinen Vater, der mich liebte und der ihm zeitlebens nur im Zweifel begegnet war, mochte er sich bestätigt fühlen, aber ich war ja nicht aus Unfähigkeit aus dem Gymnasium ausgesprungen, sondern aus Abscheu davor, aber das war nicht begreiflich zu machen. Mein Großvater als einziger verstand, was ich meinte, und er allein hatte eine Vorstellung von dem, das in mir vorging. Er betrachtete meinen Wechsel vom Gymnasium zur Kaufmannslehrstelle als einen Übergang, und er war schon kurz nach meiner Eröffnung von der Nützlichkeit dieser Kaufmannslehre voll überzeugt gewesen, wenn er mir auch nicht sagen konnte oder wollte, warum. Seine Wünsche in bezug auf den Keller und in bezug auf meine neue, für mich ja nicht ungefährliche Umgebung hatte ich, seiner Zuneigung und Liebe war ich sicher, mehr brauchte ich nicht. Auch in diesem Fall hatte ich also wieder meinen Großvater als Retter zur Seite. Und wahrscheinlich war er es gewesen, der mich den kühnen, von allen Seiten als abwegig eingeschätzten Entschluß hatte in die Tat umsetzen lassen, das Gefühl meinerseits für seine Autorität. Etwas Großes hatte er mit mir vorgehabt und immer wieder davon gesprochen und nicht nur mir gegenüber davon gesprochen, und nun war ich in einem Lebensmittelgeschäft im Keller in der Scherzhauserfeldsiedlung gelandet als Kaufmannslehrling. Ich selbst war genau zu dem Zeitpunkt, in welchem mich der Herr Podlaha aufgenommen gehabt hatte, frei. Ich *war* frei, und *ich fühlte mich frei.* Alles hatte ich *frei*willig getan und tat ich *frei*willig. Hatte ich vorher alles nur widerwillig getan, aus freien Stükken machte ich jetzt alles widerstandslos und zu meiner Freude. Nicht daß ich glaubte, den oder wenigstens meinen eigenen Sinn des Lebens entdeckt zu haben, aber ich wußte, mein Entschluß war der richtige. Heute muß ich sagen, der entscheidende Augenblick für mein späteres Leben war der Augenblick, in welchem ich auf der Reichenhaller Straße kehrtgemacht habe. Ich hätte wahrscheinlich gar kein späteres Leben mehr gehabt. Die Umstände, die schließlich meinen Großvater und meine Mutter erdrückt und getötet haben, hätten auch mich erdrückt und getötet. Als Gymnasiast wäre ich erdrückt und getötet worden, als Kaufmannslehrling im Keller in der Scherzhauserfeldsiedlung und unter der Aufsicht und unter der Ordnung des Karl Podlaha überlebte ich. Der Keller war meine einzige Rettung gewesen, die Vorhölle (oder die Hölle) meine einzige Zuflucht. Wöchentlich einmal, den genauen Tag weiß ich nicht mehr, hatte ich die Berufsschule, die im sogenannten Neuen Borromäum in Parsch untergebracht war, zu besuchen. Die Lehrer waren ganz andere als die im Gymnasium, sie waren Kaufleute aus der Stadt, die aus leicht durchschaubaren Gründen des Ansehens oder des Verdienstes und der durch dieses Unterrichten in der Berufsschule sichergestellten Pensionierung im Alter, durch ihre absolute Beziehung zur Gegenwart und ihren tagtäglichen Umgang mit dem Zeitablauf als Realität, mein Vertrauen hatten. Der Unterrichtsstoff hatte mein Interesse, war er doch für mich vollkommen neu, und ich war der kaufmännischen Spielart der Mathematik gegenüber zu meiner eigenen Überraschung aufgeschlossen. Die Mathematik, die mich im Gymnasium überhaupt nicht interessiert und mich immer nur gelangweilt und deprimiert hat, ist mir in der Berufsschule plötzlich eine unvorhergesehene Faszination gewesen. Mir ist, ganz aus Zufall, aus dieser Zeit eines meiner Schulhefte in die Hand gekommen, und sein Inhalt wirkt auf mich überzeugend, wenn er mir auch heute wieder in weite Ferne gerückt ist, und Sätze wie »Der Lieferer erhält einen Besitzwechsel« und »Wir kaufen Ware auf Ziel« und »Wir bezahlen einen fälligen Schuldwechsel« sind mir nicht mehr geläufig. Ich bin durchaus nicht gern in diese Schule gegangen, aber es handelte sich ja auch nur um Kurzbesuche im Neuen Borromäum, und auch diese Kurzbesuche hatten oft längere Zeiten ausgesetzt, wenn ich nämlich dazu keine Zeit gehabt habe und ein Lebensmittelaufruf als Kundenansturm dazwischengekommen ist oder weil ich die Zeit zum Aufräumen des Magazins verwendete. In der Berufsschule handelte es sich nicht um Schüler, sondern um Lehrlinge, die keine Schüler sein wollten. Und die Lehrer waren im Grunde Kaufleute oder sogenannte *Wirtschaftsfachleute* und wenn auch zu einem Großteil genauso eitel und stumpfsinnig wie die Gymnasialprofessoren, so doch erträglicher. Ich selbst mit meinem Schultrauma war zum Unterschied von den andern Lehrlingen, die die Hölle des Gymnasiums nicht gekannt haben, nur die Hauptschule oder gar nur die Volksschule, von diesen Unterrichtstagen nicht begeistert gewesen. Auch hier herrschten im Grunde die Engstirnigkeit und die Kleinlichkeit und die Eitelkeit und die Verlogenheit, aber es war alles nicht so erschütternd gewesen, alles nicht so verkrampft und pervers wie die humanistischen Gymnasialexzesse. Es herrschte vor allem ein aufrichtiger, wenn auch rauher Ton, die Spielart war die der Gewerbetreibenden, der Wirtschaftskämpfer. Was hier verlogen war, war nicht so verlogen wie im Gymnasium, was hier gelehrt wurde, war unmittelbar brauchbar gewesen, nicht auf längste Sicht vollkommen nutzlos wie im Gymnasium. Mit meinen Mitschülern in der Berufsschule hatte ich keinerlei Schwierigkeiten, ich freundete mich sehr rasch mit ihnen an. Ich wunderte mich selbst am meisten, daß ich auf einmal dem Kaufmannsstand zugehörte, was mir vor allem immer in der Berufsschule zu Bewußtsein gekommen ist, die Tatsache ließ sich nicht leugnen. Und ich wollte sie auch nicht leugnen. In Erinnerung sind mir der hinkende Lehrer Wilhelm, der kaufmännische Mathematiker und der Ingenieur Rihs, der Farbengeschäftsinhaber, zwei entgegengesetzte, sich aber vollkommen ergänzende Charaktere, die, solange ich ihr Schüler gewesen bin, den Ton in der Berufsschule angegeben haben. Ihr Einfluß war nützlich gewesen, und was ich dem einen an Sympathie entziehen habe müssen, weil mir der ganze Mensch keine Freude gewesen war, habe ich dem andern entgegengebracht. Auch hier, wie überall, wo Menschen sind, war es der gefährliche Zwischenraum zwischen Sympathie und Antipathie gewesen, aus welchem ich mich zu existieren getraute und meine Lehren zog. Die Arbeiten eines Kaufmannslehrlings erschöpfen sich nicht im Saubermachen und Ordnunghalten des Geschäfts und im Magazin, auch nicht im tagtäglichen zur Gewohnheit gewordenen Staubschlucken, wobei das tagtägliche Mehlstaubschlucken tatsächlich zur Kaufmannslehrlingskrankheit, einer Lungenkrankheit, führen kann, die durch oftmaliges tagtägliches Schleppen und Ausschütten und Zusammenlegen von Mehl- und Grießsäcken entsteht und sehr oft der Kaufmannslehre ein jähes Ende macht, es besteht nicht nur aus der Folgerichtigkeit des Tagesablaufs in einem Lebensmittelgeschäft wie beispielsweise im Keller in der Scherzhauserfeldsiedlung zuerst mit dem Aufsperren und Zurückschieben des Scherengitters und mit dem Aufsperren der Geschäftstür und mit dem Hereinlassen des Chefs und der Angestellten und der Kundschaft in einen Laden, in welchem noch am Vortag und sehr oft noch stundenlang nach Geschäftsschluß alles gesäubert worden ist und alle Warenbehälter aufgefüllt worden sind, alles eine sehr mühevolle Kleinarbeit, die tatsächlich die größte Liebe zum Lebensmitteldetail verlangt und im Grunde nur ordentlich ausgeführt werden kann von einem Menschen mit einem zahlenkombinatorisch begabten Gedächtnis. Diese und Hunderte andere in jedem Falle gleichwichtige Arbeiten müssen tagtäglich gemacht werden, dazu ist zu meiner Zeit auch noch die entsetzliche, nur mit der größten Genauigkeit zu bewerkstelligende Kleinarbeit mit den Lebensmittelmarken gekommen, die bei jedem Einkauf aus den Lebensmittelkarten herausgeschnitten und tagtäglich nach Geschäftsschluß auf große Packpapierblätter geklebt werden mußten. Ganz abgesehen von dem fortwährenden Säckeschleppen und Flascheneinfüllen und Erdäpfelklauben und Obst- und Gemüsesortieren und Kaffee- und Teeabpacken und Butter- und Käseschneiden, ganz abgesehen von den Kunststücken, die das Einfüllen von Essig und Öl und von allen möglichen anderen Säften und von Rum und offenen Weinen und Mosten in alle möglichen, immer viel zu dünnen Flaschenhälse bedeutete, von dem fortwährenden Auf-der-Hut-Sein vor Schimmel und Fäulnis, vor Ungeziefer und vor zu großer Kälte und zu großer Wärme, ganz abgesehen von dem Ausladen und Abladen alle Augenblicke von allen möglichen Lieferungen und dem fortwährenden, an manchen Tagen Hunderte Male vollzogenen Gang vom Geschäft in das Magazin und wieder zurück und umgekehrt und dem Brotschneiden und Semmelbröselmachen und Schinkenschützen und Eierkühlen, ganz abgesehen von dem tagtäglichen Staubwischen auf allen Regalen und dem Hinundherlaufen zwischen dem Eiskasten und der Budel, zwischen den Erdäpfelkisten und der Budel, zwischen allen Regalen und der Budel, abgesehen von dem fortwährenden Händewaschen und Händeabtrocknen und dem beinahe ununterbrochenen Gebrauch von tagtäglich zu schleifenden Messern und tagtäglich zu putzenden Gabeln und Löffeln, tagtäglich zu reinigenden Gläsern und abgesehen vom Fensterputzen und Bodenaufwischen und dem unaufhörlichen Kampf mit den Fliegen und Mücken und Bremsen und Wespen und Spinnweben an den Wänden, war es doch das Allerwichtigste, in dem Kontakt mit der Kundschaft nicht nachzulassen, immer freundlich und korrekt und aufmerksam zu sein und sich fortwährend im Umgang mit der Kundschaft zu üben, die Kundschaft ganz einfach immer zufriedenzustellen und in der Intensität der Bereitwilligkeit gegenüber dieser Kundschaft niemals, nicht einen Augenblick, nachzulassen. Die Wünsche der Kundschaft einerseits zu erfüllen, die Geschäftsinteressen in keinem Augenblick zu vernachlässigen. Ordnung mußte sein, Sauberkeit mußte herrschen, die Kunden und der Chef mußten ununterbrochen auf das beste betreut und zufriedengestellt sein, und die Kasse mußte am Abend stimmen. Ich hatte mich zu meinem eigenen und zum Erstaunen meiner Mitarbeiter, zu dem allergrößten Erstaunen des Chefs selbst, sehr rasch eingearbeitet, und es hatte mir keinerlei Schwierigkeiten gemacht, zu tun, was richtig war und was man von mir verlangte. Dazu war ich aufgeschlossen allen gegenüber, und meine Fröhlichkeit, die ich in den Keller mitgebracht hatte, war ansteckend, woher diese plötzliche Fähigkeit, fröhlich zu sein und mit dieser Fröhlichkeit die anderen anzustecken kam, weiß ich nicht, sie war immer schon in mir, jetzt hatte sie wieder freien Lauf, sie war nicht erstickt gewesen. Viele kamen in das Geschäft, also in den Keller, um mit mir zu lachen. Ich hatte ein freundliches Wesen, einen guten Witz, der seine Wirkung nicht verfehlte unter der Kundschaft. Der bei den Großhändlern einkaufende Chef konnte mich tagelang ruhig allein lassen im Keller, wenn der Lehrling Karl krank und der Gehilfe Herbert aus einem anderen Grunde nicht im Geschäft waren. Ich nahm es mit der Kundschaft bald ganz allein auf, und es störte mich nicht, wenn Dutzende sich an der Budel drängten, ich fertigte sie ruhig und hundertprozentig, ganz in meine Aufgabe vertieft und gleichzeitig in sie verliebt, ab. Der Chef wußte, daß er sich auf mich verlassen konnte, und es gab Tage, in welchen ich ohne weiteres ganz allein den Ansturm, den ein neuer großer Lebensmittelaufruf im Keller hervorgerufen hatte, bewältigte. Ich hatte ganz einfach an dieser Tätigkeit ein Vergnügen, was ich mir gewünscht hatte, nützlich zu sein, hatte sich hier erfüllt. Und die Befriedigung, die ich bei meiner Aufgabe hatte, war deutlich, und sie konnte sich ungehindert auf alle, mit welchen ich im Keller zu tun hatte, übertragen. Ich hatte nicht gewußt, daß das Leben so glücklich sein kann an manchen Tagen, in welchen ich so viel zu tun hatte, daß niemand glauben wollte, daß ich das alles allein bewältigte. Die Kaufmannsbudel im Keller war mir, durch das Kränkeln des Lehrlings Karl und wegen der Liebschaften und dadurch immer häufigeren Abwesenheiten des Gehilfen Herbert, eine Kommandobrükke gewesen, die ich (vollkommen) beherrschte. Der Herr Podlaha wußte meine Selbständigkeit zu schätzen, nicht oft gehen Intelligenz und händische Geschicklichkeit so gut zusammen wie in meinem Fall. Dazu kamen mein von Natur aus offenes Wesen und die Fähigkeit, bei der geringsten Gelegenheit gut aufgelegt und glücklich zu sein und diesen Zustand nicht verbergen zu müssen, sondern offen ausspielen zu können. Aller dieser Fähigkeiten und Vorzüge war ich mir viele Jahre gar nicht mehr bewußt gewesen, sie hatten sich aber urplötzlich im Keller in der Scherzhauserfeldsiedlung zurückgemeldet und auf erfrischende Weise nach außen gekehrt. Der Zustand, in welchem sich mein ganzes Wesen in solchen Perioden der absoluten Selbständigkeit im Geschäft befand, war ein glücklicher. Ich stand dann im Mittelpunkt und verkaufte nicht nur unsere Lebensmittel und andere Waren, sondern gab dazu, sozusagen unentgeltlich, an jeden in das Geschäft Eingetretenen einen Anteil an meiner wiedergewonnenen Lebensfreude. Samstags, nach dem sogenannten Großreinemachen, war ich jedesmal ziemlich erschöpft nach Hause gekommen, mit Weißbrotwecken, Erdäpfeln und mit Zucker und Mehl, je nachdem, was sie gerade zu Hause wünschten, durch die von den immer gleichen Küchendämpfen und vornehmlich Suppendämpfen erfüllten Siedlungsstraßen vorbei am Sportplatz, die schon fast zur Gänze verfaulte Holzplanke entlang bis zur Lehener Post, durch die fauligen Wasserlachen und durch das wildwuchernde, niemals gemähte Gras vor der Lehener Post und entlang den notdürftigen Gartenzäunen der bulgarischen Gärtner, deren Arbeit ich sehr oft durch den Zaun beobachtet hatte und die mich an meine eigene einjährige Gartenarbeit in Traunstein erinnerte, ich hatte bei diesen Beobachtungen gedacht, daß auch Gärtnersein etwas für mich gewesen wäre, hätten nicht die Bombentrichter gegen Ende fünfundvierzig der Gärtnerei Schlecht & Weininger, in welcher ich soviel gelernt habe, ein Ende gemacht, wer weiß, vielleicht wäre ich heute Gärtner. Die Gartenarbeit ist eine der besten für Kopf und Körper, und in ihr entkommt der Mensch am ehesten und am natürlichsten der Melancholie und dem Überdruß, und Melancholie und Überdruß sind die ausgeprägtesten Kennzeichen des menschlichen Wesens. Die Bulgaren hatten aus wenig Erde viel Gemüse und Obst herausholen können, und ihre Früchte waren immer die gelungensten, weil ihre Arbeit tatsächlich genauso wie eine Hand- eine Kopfarbeit gewesen ist, und weil sie tatsächlich keine Mühe scheuten, und ihr ganzes Wesen auf nichts anderes als auf ihre von ihnen bearbeitete Erde gerichtet war. Ich war oft, auf dem Heimweg von der Scherzhauserfeldsiedlung, da, wo heute Wohnblöcke stehen, in die Bulgarengärten hineingegangen und hatte mich mit den Bulgaren unterhalten, und jedesmal hatten meine Beobachtungen in ihrem Garten Früchte getragen. Dann führte mich mein Weg hinüber zur Taubstummenanstalt mit ihren hohen Bäumen und kunstvoll angelegten Glashäusern, in welchen die Taubstummen tagsüber beschäftigt waren, von weißgeflügelten Nonnen betreut, und über die Eisenbahngeleise. Ich hatte die Wahl, durch die Unterführung zu gehen oder über die Geleise, ich hatte immer den verbotenen Weg gewählt, wenn ich Zeit dazu hatte. Die Samstage führten mich aus dem Geschäft und aus der Scherzhauserfeldsiedlung immer gerade in die Melancholie hinein, schon in der Scherzhauserfeldsiedlung war diese nur von Essengeschirrgeräuschen aus den Fenstern unterbrochene Stille den ganzen Weg entlang immer: es ist Samstag, niemand arbeitet etwas, die Leute liegen in ihren Wohnungen auf dem Diwan oder in ihren Betten herum und wissen nichts mit dieser Zeit anzufangen. Bis drei Uhr nachmittags herrschte diese Nachmittagsstille, bis sich in den Wohnungen Streitereien entwickelt hatten, und dann liefen manche aus ihren Behausungen, sehr oft schimpfend, schreiend oder mit zerstörtem Gesicht ins Freie. Die Samstagnachmittage habe ich immer als eine für alle sehr gefährliche Zeit empfunden, die Unzufriedenheit mit sich selbst und mit allem und jedem und das plötzliche Bewußtsein, tatsächlich das ganze Leben lang ausgenützt und sinnlos zu sein, erzeugten diese Stimmung, der die meisten mit erschreckender Gründlichkeit ausgeliefert waren. Die meisten Menschen sind an ihre und an irgendeine regelmäßige Arbeit, Beschäftigung gewöhnt, setzt sie aus, verlieren sie augenblicklich den Inhalt und das Bewußtsein und sind nichts weiter mehr als ein krankhafter Verzweiflungszustand. Dem einzelnen geht es so wie den vielen. Sie denken, sie regenerieren sich, aber in Wirklichkeit ist es ein Vakuum, in welchem sie halb verrückt werden. So kommen sie alle an den Samstagnachmittagen auf die verrücktesten Ideen, und alles endet immer nur unbefriedigend. Sie fangen an, Kasten und Kommoden, Tische und Sessel und ihre eigenen Betten zu verschieben, ihre Kleider bürsten sie auf den Balkonen aus, ihre Schuhe putzen sie wie wahnsinnig Gewordene, die Frauen steigen auf die Fensterbänke, und die Männer gehen in den Keller und wirbeln dort mit dem Reisbesen den Staub auf. Ganze Familien glauben, Ordnung machen zu müssen und stürzen sich auf den Inhalt ihrer Behausung und verrücken ihn und werden dadurch verrückt. Oder sie legen sich hin und geben sich mit ihren Gebrechen ab, flüchten und fliehen in ihre Krankheiten, die permanente Krankheiten sind, derer sie sich nach Arbeitsschluß an den Samstagnachmittagen erinnern. Die Ärzte kennen das, an den Samstagnachmittagen werden sie wie zu keinem anderen Zeitpunkt beansprucht. Mit dem Aussetzen der Arbeit setzen die Krankheiten ein, Schmerzen sind plötzlich da, das berühmte Samstagkopfweh, das Samstagnachmittagherzklopfen, Ohnmachtsanfälle, Wutausbrüche. Die ganze Woche werden die Krankheiten von der Arbeit und auch nur Beschäftigung niedergehalten, beschwichtigt, am Samstagnachmittag machen sie sich bemerkbar, und der Mensch kommt sofort aus dem Gleichgewicht. Und wenn er, der zu Mittag zu arbeiten aufgehört hat, sich kurz darauf auch nur seiner tatsächlichen Lage, die in jedem Falle immer nur eine hoffnungslose ist, gleich, wer er ist, gleich, was er ist, gleich, wo er ist, bewußt ist, er muß sich sagen, er ist nichts weiter als ein unglücklicher Mensch, auch wenn er das Gegenteil vorgibt. Die wenigen Glücklichen, die der Samstag nicht umwirft, bestätigen nur die Regel. Im Grunde ist der Samstag ein gefürchteter Tag, noch viel gefürchteter als der Sonntag, denn am Samstag weiß jeder, daß noch der Sonntag bevorsteht, und der Sonntag ist der furchtbarste Tag, aber auf den Sonntag folgt der Montag, und der ist der Arbeitstag, und das macht den Sonntag erträglich. Der Samstag ist fürchterlich, der Sonntag furchtbar, der Montag bringt die Erleichterung. Alles andere ist eine böswillige, dumme Behauptung. Am Samstag zieht sich das Gewitter zusammen, am Sonntag entlädt es sich, am Montag ist die Beruhigung eingetreten. Der Mensch liebt die Freiheit nicht, alles andere ist Lüge, er kann mit der Freiheit nichts anfangen, kaum ist er frei, beschäftigt er sich mit dem Öffnen von Kleider- und Wäschekommoden, mit dem Ordnen von alten Papieren, sucht er Fotografien, Dokumente, Briefe, geht er in den Garten und gräbt um oder läuft vollkommen sinn- und zwecklos in irgendeine Richtung, gleich, wie das Wetter ist, und nennt es Spaziergang. Und wo Kinder sind, werden die zu dem berühmten Totschlagen der Zeit herangezogen und gereizt und verprügelt und geohrfeigt, damit sie das Chaos erzeugen, das in Wahrheit die Rettung ist. Und was ist andererseits fürchterlicher als ein Samstagnachmittagsspaziergang als Verwandten- oder Bekanntenbesuch, auf welchem die Neugierde befriedigt und das verwandtschaftliche oder bekanntschaftliche Verhältnis zerstört wird. Und lesen die Leute, quälen sie sich in Wirklichkeit mit einer selbstauferlegten Strafe ab, und nichts ist lächerlicher als der Sport, dieses beliebteste Alibi für die vollkommene Sinnlosigkeit des einzelnen Menschen. Das Wochenende ist der Totschlag an jedem einzelnen und der Tod jeder Familie. Am Samstag, nach Arbeitsschluß, ist der einzelne und also jeder urplötzlich vollkommen allein, denn die Menschen leben in Wahrheit und in Wirklichkeit lebenslänglich nur mit ihrer Arbeit zusammen, sie haben in Wahrheit und in Wirklichkeit nur ihre Beschäftigung, sonst nichts. Kein Mensch kann einem andern die Beschäftigung ersetzen, nicht wenn er einen Menschen, und sei es der für ihn entscheidende, der ihm wichtigste, geliebteste, verliert, geht er zugrunde, wenn man ihm Arbeit und Beschäftigung nimmt, geht er ein und ist in kurzer Zeit tot. Die Krankheiten entstehen dort, wo die Menschen nicht ausgelastet sind, zu wenig beschäftigt sind, nicht über zu viel Beschäftigung sollten sie klagen, sondern über zu wenig, die Beschäftigung wird eingeschränkt, und die Krankheiten breiten sich aus, das Unglück erfaßt alle, wo die Arbeit und die Beschäftigung eingeschränkt werden. Insoferne hat die Arbeit, an sich sinnlos, ihren Sinn, ihren ureigentlichen Zweck. An den Samstagnachmittagen war zuerst die für die Samstagnachmittage charakteristische Stille, Ruhe vor dem Sturm, zu beobachten, auf einmal stürzten die Leute auf die Straße, sie hatten sich ihrer Verwandten und Bekannten oder auch nur der Natur erinnert, daß es das Kino gibt oder eine Zirkusvorstellung, oder sie flüchteten in die Gärten und fingen an umzugraben. Aber sie taten, was sie jetzt taten, in jedem Fall und aus jedem Grund enttäuscht. Klar ist, wer nicht in eine Tätigkeit flüchtete und glaubte, seine Zeit nur mit Nachdenken und mit dem Mittel der Meditation seinen gefährdeten, sehr oft lebensgefährlichen Geisteszustand überbrücken zu können, lieferte sich schnell und dann auch noch hundertprozentig seinem persönlichen Unglück aus. Der Samstag ist immer der Selbstmordtag gewesen, und wer jemals längere Zeit auf die Gerichte gegangen ist, weiß, daß achtzig Prozent der Ermordeten am Samstag umgebracht worden sind. Während der ganzen Woche ist alles, was einen Menschen unzufrieden und unglücklich machen muß, weil er so auf die Unzufriedenheit und auf das Unglück hin konzentriert ist, niedergehalten, am Samstag aber, nach Arbeitsschluß, sind seine Unzufriedenheit und sein Unglück schon wieder da, und zwar immer rücksichtsloser da. Und alle versuchen sie, an den Samstagen ihre Unzufriedenheit und ihr Unglück auf einen anderen abzuladen. Unzufriedenheit und Unglück werden nach Arbeitsschluß mit nach Hause genommen, wo ja auch nichts als Unzufriedenheit und Unglück warten, und werden zu Hause abgeladen. In der Folge hat der Samstagnachmittag überall, wo Menschen sind und wo Menschen zusammenkommen, eine verheerende Wirkung. Wo mehrere zusammen sind, wie in den Familien, halten sie es nicht aus, und es muß zur Explosion kommen, und wo einer gänzlich für sich allein ist und also einsam ist und vereinsamt ist, ist es auch eine fürchterliche Situation. Die Samstage sind die eigentlichen Menschentöter auf der Welt, und die Sonntage machen diese Tatsache auf die unerträglichste Weise bewußt, und die Montage schieben die Unzufriedenheit und das Unglück wieder um die ganze Woche bis zum nächsten Samstag, bis zur nächsten Verschlimmerung ihres Geisteszustands hinaus. Ich selbst haßte Samstag und Sonntag, denn an diesen beiden von mir gefürchteten Tagen war ich auf das rücksichtsloseste mit dem Elend der Meinigen konfrontiert gewesen, neun Menschen in drei Zimmern gingen sich von früh bis spät auf die Nerven und hatten, angewiesen auf die kargen Verdienstmöglichkeiten meines Vormunds allein und auf die Kochkunst meiner Mutter, fortwährend Hunger und nichts zum Anziehen, und wie ich mich erinnere, haben sie untereinander aus Kleidermangel die Schuhe und die Röcke und die Hosen getauscht, um abwechselnd als sozusagen ordentlicher Mensch auf die Straße gehen zu können, mein Großvater allein hatte das kleinste der Zimmer bewohnt, aber sein Zimmer war auch so klein gewesen, daß er sich in ihm hatte kaum umdrehen können, da hauste er, abgestoßen von seiner Umwelt, unter seinen Büchern und mit seinen unverwirklichten Ideen und saß die meiste Zeit, um das kaum mehr vorhandene Brennholz zu sparen, eingewickelt in eine alte graue Pferdedecke an seinem Schreibtisch, ohne tatsächlich arbeiten zu können. Tagelang, weiß ich, hatte er sich eingesperrt, und seine Frau, meine Großmutter, wartete auf den Schuß aus der Pistole, die er auf seinem Schreibtisch liegen hatte, am Tage auf dem Schreibtisch, in der Nacht unter seinem Kopfpolster, sie fürchtete sich vor diesem Schuß, er hatte ihr und uns allen immer wieder mit Selbstmord gedroht, er hatte kein Geld und nicht die geringste Kraft mehr, ausgehungert wie wir alle, kannte er jetzt, zwei Jahre nach Kriegsschluß, in dieser bittersten Zeit wieder, überhaupt nichts mehr als die Hoffnungslosigkeit. Mein Vormund arbeitete um einen Pappenstiel in seinem unterbezahlten Handwerk. Zu dieser Zeit hatte ich, weil für mich einfach kein Platz mehr gewesen war, mein Bett im Vorzimmer, gleich neben der Eingangstür. An ruhigen Schlaf war unter diesen Umständen nicht zu denken gewesen, so war ich die meiste Zeit vollkommen unausgeschlafen in der Frühe in die Arbeit gegangen. Und wie mein Onkel mit seiner Frau ausgezogen war, hatte meine Mutter, zu uns sieben, muß man sich vorstellen, einen fortwährend übenden Geigenspieler aus Tirol aufgenommen, um eine Einnahmequelle zu haben für die Versorgung der von ihr Verköstigung Fordernden. Zu Hause hatte ich nichts zu lachen, unser aller Existenz ist die schwierigste und die auswegloseste gewesen, das Kriegsende hatte uns alle in dieser Wohnung zusammengeführt, um uns das Entsetzen zu zeigen. Es ist aber hier nicht der Platz, um auf Einzelheiten dieses Schreckens zu Hause einzugehen, überhaupt muß ich mir an dieser Stelle ein Eingehen darauf verwehren, ich selbst muß mich einer solchen aufgeschriebenen Erinnerung verweigern, sie kann überhaupt nicht beschrieben sein. Dagegen war für mich alles andere lächerlich. Wahrscheinlich war ich im Keller immer so gut aufgelegt, weil ich wußte, *woraus* ich an jedem Tag in der Frühe entkommen war, *mein Zuhause war meine Hölle* gewesen, und an jedem Tag war ich durch meinen Weg in die Scherzhauserfeldsiedlung, die ich jetzt wieder als *Vorhölle* bezeichne, gerettet gewesen. Mein Zuhause war mindestens von der gleichen Fürchterlichkeit gewesen wie alle diese sogenannten Zuhause in der Scherzhauserfeldsiedlung. Und wie ich meinem Zuhause durch die Rudolf-Biebl-Straße *in* die Scherzhauserfeldsiedlung jeden Tag durch den Gang in die Arbeit entkommen bin, sind die in der Scherzhauserfeldsiedlung, wenn sie dazu überhaupt noch die Kraft und die Gelegenheit gehabt haben, durch den Gang *aus* der Scherzhauserfeldsiedlung hinaus in irgendeine Arbeit entkommen. Aber die meisten hatten die Kraft nicht mehr wegzugehn, wie meine Mutter sie nicht mehr gehabt hat, die Meinigen, außer meinem Vormund, sie nicht mehr gehabt haben, die meisten in der Scherzhauserfeldsiedlung haben sie nicht mehr gehabt. Sie sind verrückt geworden oder eingegangen oder verrückt geworden *und* eingegangen wie die Meinigen. Aber das ist ein Kapitel für sich. Mit dem Großvater, der schon ein todkranker Mann gewesen ist, hinauf auf den Mönchsberg, stundenlang, wenn er dazu die Kraft gehabt hat, und er hatte sie nur noch selten, das rettete mich am Samstag und Sonntag zu Hause. Was für ein Krampf war es gewesen, mich unter allen diesen fürchterlichen Umständen, die zu Hause geherrscht haben, auf das Gymnasium zu schicken. Noch im Nachhinein erschien mir das alles als ein perverser Alptraum. In Wahrheit herrschten bei mir zu Hause die entsetzlicheren, die fürchterlicheren Zustände als sie irgendwo in der Scherzhauserfeldsiedlung geherrscht haben, die Bewohner der Vorhölle glaubten in der Hölle zu sein, aber sie lebten nicht in der Hölle, *ich* war in der Hölle, aber davon berichtete ich nichts, das hätte meine Vertrauensstellung, die ich schon nach kurzer Zeit im Keller gehabt habe, erschüttert, daß bei uns zu Hause die chaotischeren Zustände herrschten, sagte ich nicht, im Gegenteil, ich malte vor meinen Kellerkollegen und vor allem vor dem Herrn Podlaha selbst ein beruhigendes Bild von den

Meinigen und von meinem Zuhause. Um mich selbst zu schützen, verfälschte ich mein Zuhause und machte niemals auch nur die geringste Andeutung davon, wie mein Zuhause wirklich gewesen ist, erbärmlich und hoffnungslos. Verschweigen ist keine Lüge, und ich verschwieg fast alles. Ging ich aus dem Haus, in welchem ich immer nur deprimiert gewesen war, atmete ich auf und beschleunigte meine Schritte und lief wie um mein Leben an jedem Tag durch die Rudolf-Biebl-Straße in die Scherzhauserfeldsiedlung hinunter. Als ein Trauriger und Mißmutiger war ich aus dem Zuhause hinausgegangen und als ein Fröhlicher in die Scherzhauserfeldsiedlung hinein. Die Weite meines Weges war genau die richtige Weite, die notwendig gewesen ist, um aus dem Mißmutigen, Traurigen, einen Fröhlichen zu machen. Und es war ein angenehmer, leicht bergab führender Weg in guter freier würziger Luft gewesen. Ab und zu ging ich allein auf den Mönchsberg und legte mich da oben ins Gras und schrieb, unter einer Baumkrone sitzend, Gedichte, oder ich befaßte mich, einmal in der Woche war Schultag in Parsch, mit dem Berufsschulstoff, mit den Hunderten von Kaffee- und Teesorten in allen Erdteilen, mit einfachen oder ganz ausgefallenen Rechenkunststücken, mit Zinsfüßen und Großhandelsspannen, mit dem Wechselgeschäft und mit den neuesten Kreditkonditionen, und ich zeichnete auf die letzten Seiten meiner Schulhefte Portale und Innenansichten von Geschäften, die ich mir als meine zukünftigen eigenen ganz gut vorstellen konnte. Mit Reis und Grieß hatte ich mich ohne Widerstand eingelassen, mit dem sogenannten russischen Tee und mit dem brasilianischen Kaffee jedenfalls mit weit weniger Abscheu als mit Alexander, Caesar, Vergil und so fort. An den Wochenenden war mir die ungeheuerliche Spannung zwischen meinem Zuhause (als der einen Welt) und dem Keller (als der entgegengesetzten anderen) zu Bewußtsein gekommen, was es bedeutete, diese Spannung auch auszuhalten. Mein Großvater unternahm jeden Tag um drei Uhr früh einen neuen Anlauf; ›Das Tal der sieben Höfe‹, ein von ihm in drei Teilen geplantes Fünfzehnhundertseitenmanuskript, ließ ihn schon seit vielen Jahren um drei Uhr früh den Kampf mit dem Tode aufnehmen; zeitlebens von einer schweren Lungenkrankheit geschwächt, hatte er es sich zur Gewohnheit gemacht, seinen Tag schon um drei Uhr früh zu eröffnen, mit dem tödlichen Geschäft des fanatischen Schriftstellers und Philosophen zu eröffnen, sich in die Pferdedecke zu wickeln und einen alten Riemen um seinen Körper zu schnallen, ich hörte ihn um drei Uhr früh in seinem Zimmer den Kampf aufnehmen mit dem Unmöglichen, mit der totalen Aussichtslosigkeit der Schriftstellerei. Im Vorzimmer, gleich neben der Wohnungstür im Bett liegend, verfolgte ich mit der Aufmerksamkeit des empfindsamen und liebenden, noch nicht mit allen grausamen Vergeblichkeiten und Hoffnungslosigkeiten vertrauten Enkels die Geräusche, die neuerliche

Überwindung der Todesangst und den immer wieder von neuem aufgenommenen Verzweiflungskampf des von mir wie keinen anderen geliebten Menschen, der sein sogenanntes Hauptwerk zu Ende gebracht haben wollte. Mir war die Sinnlosigkeit und die Wirkungslosigkeit von sogenannten Hauptwerken noch nicht vertraut gewesen, mit meinen sechzehn oder siebzehn Jahren hatte ich aber durch die ununterbrochene Nähe meines Großvaters doch eine Ahnung gehabt von der Fürchterlichkeit schriftstellerischer oder überhaupt künstlerischer und geistig-philosophischer Bemühung. Ich bewunderte die Zähigkeit und die ununterbrochene Ausdauer und die Unermüdlichkeit meines Großvaters gegenüber allen seinen aufgeschriebenen und nichtaufgeschriebenen Gedanken, weil ich alles an ihm bewunderte, aber ich sah gleichzeitig auch die im wahrsten Sinne des Wortes entsetzliche Verrücktheit, in die sich ein Mensch wie mein Großvater verrannt haben mußte, und wie er mit rasender und dadurch krankhafter Geschwindigkeit sein Leben in eine menschliche und philosophische Sackgasse treiben mußte. Er hätte Priester und Bischof werden sollen und ursprünglich Politiker, Sozialist, Kommunist werden wollen und ist wie alle, die sich im Schreiben versuchen, aus Enttäuschung über alle diese unmöglichen Kategorien, ein über diese Kategorien und Idiotien und Philosophien philosophierender Schriftsteller und naturgemäß in dieser seiner Schriftstellerei verlorener Einzelgänger geworden.

Um drei Uhr früh hörte ich, wie er hinter seiner Polstertür seinen Prozeß eröffnete. Seine Lage war die aussichtsloseste, die man sich vorstellen kann, aber er kämpfte, er kämpfte auch noch nach vier Jahrzehnten einer totalen Erfolglosigkeit, in welcher jeder andere längst aufgegeben hätte. Er hatte nicht aufgegeben. Mit dem Zunehmen und mit dem Immer-unerträglicher-Werden seiner Erfolglosigkeit verschärfte sich seine Besessenheit seinem Gegenstand gegenüber, der sein Werk war. Er war kein mitteilsamer Mensch, und er haßte die Gesellschaft. Er hatte sich mit seiner Arbeit, mit seinem Lebenswerk als Schriftstellerei eingekerkert, sich aber die Freiheit genommen, allein zu sein und alles andere zu unterwerfen. Darunter hatte zeitlebens seine Umgebung zu leiden, vornehmlich seine Frau, meine Großmutter, wie auch meine Mutter, die ihm diesen Zustand der totalen schöpferischen Isolation durch ihre tatkräftige Hilfe ermöglichten. Sie hatten, was sie ihm gegeben hatten, von ihrem eigenen Leben bezahlt, und der Preis ist der höchste gewesen. Um drei Uhr früh, mit den Bäckern und Eisenbahnern, stand er auf und setzte sich an den Schreibtisch. Ich horchte und hörte und drehte mich noch einmal auf die Seite, meinen Großvater, nur durch die Polstertür getrennt von mir, schon auf und an der Arbeit zu wissen, also in nächster Nähe *und daß er noch lebte,* hatte mich an jedem Tage in aller Frühe glücklich gemacht. Sein Sohn, mein Onkel, trat gegen fünf aus dem Zimmer, in welchem auch meine

Großmutter, meine Mutter und meine Geschwister, durch einen großen Pappendeckelparavent getrennt, schlafen mußten, und weckte mich wieder auf. Und so jahrelang. Und ging in den Keller hinunter, in seine Versuchsstation, zu seinen Erfindungen, für die er immer wieder Patente anmelden wollte und auch anmeldete und die ihm eine Zukunft in Sorglosigkeit und Reichtum sichern sollten, was natürlich utopisch und ein echter Wahnsinn gewesen war. Gegen sechs stand ich auf und machte mich fertig und frühstückte mit meiner Mutter und mit meinem Vormund zusammen in der Küche. Manchmal war unser Frühstück von einer Explosion im Keller jäh unterbrochen worden, wenn sich eines der Experimente meines Onkels Luft gemacht hatte und der Küchenboden erzitterte. Normalerweise aber waren alle im Hinblick auf meinen schon stundenlang arbeitenden Großvater so ruhig wie möglich, und sie hätten sich auch niemals getraut, lauter zu sprechen, und sich nicht einmal die kleinsten irritierenden Geräusche erlaubt, wir waren alle wie auf Zehenspitzen gegangen, um den Fortgang der Arbeit am ›Tal der sieben Höfe‹ nicht aufzuhalten. Die Gutmütigkeit meines Großvaters hatte ihre Grenzen und, seine Arbeit betreffend, pardonierte er nichts, und wir alle haben den absoluten Tyrannen in ihm oft zu spüren bekommen. Er konnte, vor allem gegen die Frauen, gegen seine Frau, meine Großmutter, und gegen meine Mutter, seine Tochter, von einer geradezu vernichtenden Härte und Schärfe sein. Aber sie alle achteten ihn wie keinen anderen Menschen und ermöglichten ihm, zu tun, was er wollte, und liebten ihn. Sie glaubten an ihn und entrückten ihn. Er war ein Landmensch, von einem geradezu selbstmörderischen Mißtrauen gegen alles Städtische, und er haßte die Zivilisation in allen seinen Gefühlen und Gedanken und in allem, das er jemals geschrieben hat. Er war, aus seiner ländlichen Herkunft, einen großen Schritt in die Welt hineingegangen, aber er war bald wieder von dieser ihm unbehaglichen, ihn abstoßenden Welt zurückgekehrt in seinen eigensinnigen Kopf. Er konnte nicht glauben, daß alles das gleiche sei. Gegen sieben ging mein Vormund aus dem Haus. Er war knapp über dreißig Jahre alt und der Ernährer aller. Für mich, mit sechzehn und siebzehn, war er naturgemäß ein schon lange Erwachsener, beinahe schon ein alter Mann. Das war sein Unglück. Daß von ihm beinahe Un- und Übermenschliches gefordert worden ist in dieser Zeit, daß er mit seinem Handwerk allein die ganze Familie und ihren zahlreichen Anhang zu erhalten hatte, das hatte ich nicht verstanden. Gegen halb acht ging ich selbst in die Scherzhauserfeldsiedlung und in den Keller. Die Umstände zu Hause waren alles in allem unleidlich, weil überhaupt nicht zu verbessernde, es hatten in uns nur die Not und das Elend geherrscht, so daß ich es jeden Tag als ein besonderes Glück empfunden habe, mich durch die Äcker und Felder und Wiesen in die Scherzhauserfeldsiedlung zu entziehen. In Podlaha, von dessen Biographie mir nicht mehr bekannt geworden war, als daß er aus Wien stammte und daß er Musiker hatte werden wollen und ein kleiner Krämer geworden und, wie ich weiß, auch geblieben ist, hatte ich auf einmal und unvorhergesehen wieder einen Lehrer, der von mir akzeptiert werden konnte, er lehrte mich alles das, was ich von meinem Großvater nicht erlernen konnte, die Gegenwart als Realität. Ich lernte, indem ich ihn aufmerksam beobachtete und mehr noch beobachtete, als ihm selber bewußt war, mit dem tagtäglichen Leben fertig zu werden und mich zu behaupten, was ich nicht einmal von meinem Großvater gelernt hatte. Daß Sich-ununterbrochen-Disziplinieren die Voraussetzung ist für das tagtägliche Weiterkommen, ununterbrochen Ordnungmachen nicht nur im eigenen Kopf, sondern in allen tagtäglichen kleinen und kleinsten Dingen. Ich hatte in ihm einen Lehrer, der mir sein Wissen als sein Wesen nicht aufzwingen mußte, von welchem ich bereitwilligst alles aufnehmen konnte, ohne Niederlage, ganz ohne Scham. Er war sich seiner Lehrerrolle nicht bewußt gewesen in allem, was mir das Wichtigste gewesen war und das nichts mit der eigentlichen Kaufmannslehre zu tun hatte, was auf dem kaufmännischen Sektor zu lernen gewesen war, war bald gelernt, ich hatte ja durchaus einen kaufmännischen Instinkt, der mir, was das Geschäft betraf, immer von Vorteil gewesen ist, das Wichtige war, daß mich der Podlaha lehrte, wie Menschen gleichzeitig mit der größten Intensität, gleichzeitig mit der größten

Distanz zu begegnen sei, und er war ein Meister im Menschenkontakt. Gerade das hätte ich von meinem Großvater niemals lernen können, er hatte sich isoliert und mit sich im Laufe der Zeit seine ganze Umgebung, seine Frau, meine Mutter und deren Mann und wiederum deren Kinder, und also auch mich isoliert, mein Großvater war vollkommen unfähig gewesen in der Kontaktnahme und war isoliert von allen, gleich welcher Herkunft, gleich welcher Gesellschaft, gleich welcher Natur, der Podlaha aber hatte mit allen Kontakt. Ihm verdanke ich, später nie unter Kontaktschwierigkeiten gelitten zu haben, und das ist ein großer, ja lebenswichtiger Vorteil. Mein Großvater hatte mich die Menschen aus großer Distanz beobachten gelehrt, der Podlaha konfrontierte mich direkt mit ihnen. Nun hatte ich beide Möglichkeiten. Der Podlaha aber hatte, ganz zum Unterschied von meinem Großvater, sein Selbstbewußtsein nicht und niemals verloren. Der Podlaha war kein Einzelgänger, er hatte immer Gesellschaft um sich, mein Großvater dagegen war ein absoluter Einzelgänger, auch wenn er eine Familie hatte, und der Podlaha hatte keine Familie. Der Podlaha hatte sich von den Zerstörern seiner Hoffnungen nicht zerstören lassen, nicht wie mein Großvater, der tatsächlich von den Zerstörern seiner Hoffnungen zerstört worden war. Aber ich will meinen Großvater nicht mit dem Podlaha vergleichen, das wäre absurd. Der eine hatte mit dem andern im Grunde nichts zu tun, und beide haben sich nie gesehen, auch niemals Interesse an einer Begegnung gezeigt. Der Podlaha hat als Lehrer die Lücken ausgefüllt, die mein Großvater offengelassen hatte. Ich bin bei ihm in die Kaufmannslehre gegangen, aber das war nicht das Entscheidende, das ich bei ihm gelernt und von ihm profitiert habe. Er hatte mich jahrelang in die Menschenmöglichkeiten hineinschauen lassen, von welchen ich bis dahin keine Ahnung gehabt hatte, *in die anderen Menschenmöglichkeiten.* Heute sagte mir jemand, die Scherzhauserfeldsiedlung wird abgerissen, stillschweigend. Ich hatte einen Augenblick gedacht hinzugehen, sie mir noch einmal anzuschauen, jahrelang hatte ich diesen Gedanken gehabt, hineinzugehen, von der Gaswerkgasse aus, und das Kellergeschäft aufzusuchen. Einmal, vor fünf, sechs Jahren, habe ich einen Blick durch das Scherengitter, das heute noch existiert, durch die hohen Fenster in den Keller hineingeworfen. In das längst aufgelassene Geschäft, das sich anscheinend nicht mehr rentierte. Das Scherengitter war verrostet, die Türen waren abgesperrt, aber die Geschäftseinrichtung war wie damals. Nur war im Gegensatz zu meiner Zeit ein unvorstellbarer Schmutz im Geschäft. Der Podlaha hatte es, so dachte ich dastehend und in dem Gedanken, ob ich beobachtet bin oder nicht, eines Tages aufgegeben, wahrscheinlich, weil es für ihn keinen Sinn mehr hatte. Eine Reihe von Großmärkten hat sich in der Zwischenzeit ganz in der Nähe etabliert, sogenannte Supermärkte sind aus dem Lehener Boden gewachsen, die Wiesen sind verbaut, Zehntausende wohnen jetzt in grauen, geistlosen Betonklötzen auf den Grundstücken, über die ich tagtäglich in den Keller gegangen bin. Ein Vierteljahrhundert war ich nicht mehr in der Scherzhauserfeldsiedlung gewesen, aber es war der gleiche Geruch, es waren die gleichen Geräusche. Da stand ich und schaute hinein und dachte, wie ich das gemacht habe, daß ich mit Neunzigkilosäcken aus dem Magazin herüber, also zuerst aus dem Magazin die Treppe hinauf und um die Blockecke und wieder die Treppe in das Geschäft hinunter, gekommen bin. Ich habe Hunderte und nicht Hunderte, sondern Tausende von Mehlsäcken und Grießsäcken und Zuckersäcken und Erdäpfelsäcken über diese Treppen getragen. Es war mir nicht leichtgefallen, aber ich hatte es zustande gebracht. Ich habe das Scherengitter aufgemacht und die Menschenmeute in das Geschäft hineingelassen. Ich habe alle diese Menschen, die hier wohnen oder hausen und zu Hunderten und Tausenden wahrscheinlich immer noch als dieselben wie damals, wenn auch um ein Vierteljahrhundert älter, bedient, ich habe diesen Menschen die Tür aufgemacht, und ich habe ihnen Brotlaibe eingewickelt und Wurst abgeschnitten und Butterpakete in die Tasche gestopft. Wie oft habe ich mich, vor allem an den Tagen der Lebensmittelaufrufe, verrechnet. Zum Vorteil des Chefs, zu seinem Nachteil. Ich mußte nach jedem Lebensmittelaufruf viele Reklamationen über mich ergehen lassen. Vielen habe ich mehr gegeben, als ihnen laut Lebensmittelkarten zugestanden ist, aus Mitleid. Ich war nicht immer ganz ehrlich. Da stand ich und dachte, ob wohl die alte Frau Laukesch oder Lukesch noch lebt? Was aus diesen und jenen Kindern geworden ist? Einzelne Gesichter waren mir noch bis in die verborgensten Einzelheiten hinein gegenwärtig. Ich hörte die Stimmen aller dieser Leute, und ich sah ihre geldzählenden Hände, ihre Beine oben hin und her gehen durch das Nebenzimmerfenster. Unerlaubt eine Wurstsemmel mehr gegessen, unerlaubt ein paar Äpfel mehr in die Einkaufstasche der oder jener Frau. Wer fragt heute danach. Die Geschicklichkeit, mit welcher ich den Himbeersaft einfüllen konnte in die Flaschen, das Mißgeschick mit dem Siebzigkilokukuruzsack, mit dem ich an der Hausecke angestreift bin und der über die ganze regennasse Treppe hinunter ausgeronnen ist. Wie sie, der Chef und der Gehilfe Herbert, den Lehrling Karl beim Diebstahl ertappt haben und wieder ertappt haben und wieder ertappt haben und wie der Karl über Nacht verschwunden ist und seine verzweifelte Mutter in das Geschäft gekommen ist, für ihren Sohn bittend. Aber der Karl ist nicht mehr aufgetaucht. Er war zur Fremdenlegion gegangen. Der Chef hat keinen Lehrling mehr aufgenommen, ich war der letzte. Der Gehilfe Herbert machte sich selbständig, eröffnete in der Stadt eine Kaffeerösterei. Die Hälfte meiner Lehrzeit war ich mit dem Chef allein, auch das war gegangen, wir hatten gut zusammengearbeitet. Wir hatten uns vertragen. Wir hatten uns respektiert. Ich war im Geschäft und machte alles, und ich bändigte auch die Hunderte von Kunden an einem Aufrufstag mit der Leichtigkeit des glücklichen Selbstbewußten, während der Chef die Lebensmittel heranbrachte. Auch mit den Schwierigen unter den Kunden war ich fertig geworden. Mit der Frau Lukesch oder Laukesch, deren Sohn sich in eine ausweglose Karriere als Volksschauspieler in dem schon erwähnten Bierkeller verrannt hatte und der sich eines Tages umgebracht hat. Kurz darauf hat sich auch die Frau Laukesch oder Lukesch umgebracht. Und die alleinstehende Frau, die genau über dem Geschäft wohnte, ich habe ihren Namen vergessen, ist erwürgt worden, davon habe ich zwanzig Jahre nach Beendigung meiner Lehrzeit in der Zeitung gelesen. Ich schaute zu den Fenstern hinauf. Vielleicht wohnen jetzt ihre Kinder dort. Ich sehe sie noch vor mir, eine rostrote Bluse hat sie angehabt, dachte ich, war nie ohne Hut gegangen. Die Stimme der Frau war heiser. Die nebenan wohnte, habe ich einmal als schüchterne Garderobiere im Festspielhaus gesehen. Ich schaute in den Laden hinein, und ich sah mich hinter der Budel, hörte mein lautes Lachen, wie die andern darauf noch lauter auflachten. Das Knistern der Autopneus hinter mir, das war der Wagen des Chefs, wie er sich dem Keller näherte. Ich lief aus dem Geschäft und die Treppe hinauf und half dem Chef die Waren ausladen, in den Keller hinuntertragen. Er habe wieder zuviel Zwiebel eingekauft, zuviel Paradeiser, zuviel Äpfel, alles verfaule. Er müsse wieder weg, das Mehl sei heute günstig im Einkauf. Wohin er um das Mehl fuhr, weiß ich nicht. Im Nebenzimmer saß er hinter der offenen Tür, während ich den Laden säuberte, ich kehrte zusammen und wischte auf, durchsuchte die Erdäpfelsteigen, die Paradeisersteigen. Mit dem verfaulten Obst und Gemüse ging ich hinauf und um die Ecke und leerte das Ganze in den Coloniakübel. Ist das Magazin abgeschlossen? Ich prüfte das Vorhangschloß, ging wieder mit dem leeren Kübel in den Laden zurück. Der Chef saß im Nebenzimmer und machte Kassa. Halbe Nächte lang saßen wir oft zusammen im Nebenzimmer und klebten, wie es Vorschrift gewesen war, die Lebensmittelmarken auf die großen Packpapiere. Ich sah, in den Laden hineinschauend, in welchem außer dem unvorstellbaren Schmutz und Staub nichts gewesen war, alles deutete daraufhin, daß den Laden schon jahrelang niemand betreten hat, die Frauen mit den Rumflaschen über die Treppe heruntertorkeln, beinahe umkippen bei ihrem Eintritt ins Geschäft, die Flasche auf die Budel stellen, daß es ein Kunststück gewesen war, ich füllte die Flasche an, obwohl ich den Auftrag hatte, dieser und jener keinen Rum mehr zu geben, entweder, weil sie schon zuviel Schulden oder jedesmal nach dem Aussaufen der Flasche zuviel Radau gemacht hatte in der Siedlung; der Podlaha wollte keine Unstimmigkeiten, kein Aufsehen im Zusammenhang mit dem Geschäft. Wenn man ihnen nichts zu trinken gab, drohten sie gleich mit dem Umbringen, der Chef warf sie hinaus, auf allen vieren krochen sie die Treppe hinauf unter Flüchen und kamen am nächsten Tag wieder. Wenn einer starb, und beinahe jede Woche starb einer in der Siedlung, ging der Chef, nicht im schwarzen Anzug, aber mit einer schwarzen Krawatte, zum Leichenbegängnis. Die schwarze Krawatte hing im Nebenzimmer im Kasten, in welchem auch die Geschäftsmäntel hingen, er brauchte sie sich nur umzubinden und wegzugehn. Jeder, der hier starb, war sein Kunde gewesen. Das Geschäft war der Treffpunkt. An den Vormittagen standen oben über der Treppe hinter dem Geländer vier oder fünf oder gar sechs oder sieben Kinderwagen, und die Mütter waren bei mir im Geschäft und unterhielten sich. Ich machte ihnen Wurstsemmeln und verkaufte ihnen nach und nach alle möglichen Süßigkeiten. Einer nach der andern fiel immer wieder noch etwas ein, das sie kaufen mußte. Im Winter waren sie alle von unseren zwei elektrischen Nachtspeicheröfen angelockt, die meisten hatten es nicht warm zu Hause. Ich stand da und schaute in den Laden hinein und stellte erst jetzt fest, daß ich genau vor der Eingangstür in einem riesigen, schon kompostierten Laubhaufen stand, jahrelang hatte der Wind das Laub von den Siedlungsbäumen hier heruntergeweht, das störte niemanden. Offensichtlich hat kein Mensch mehr Interesse an dem Geschäft. Es ist nicht mehr lebensfähig. Der Podlaha hat es vor vielen Jahren aufgegeben, nicht einmal die Elektroöfen hat er sich mitgenommen, die Regale nicht, die Budel nicht, die einmal sein ganzer Stolz gewesen war, sein Entwurf, wie die praktischen Regale. In dem Laden waren noch Lebensmittelplakate, die seit zwanzig Jahren nicht mehr im Handel sind. Der Podlaha hatte zu den Amerikanern Beziehungen, welche Beziehungen, weiß ich nicht. Manchmal tauchte ein Schwarzer auf im Geschäft und verschwand im Nebenzimmer und ging nach einer Viertel- oder halben Stunde wieder. Podlahas Mutter existierte damals noch in Wien, vielleicht war sie sechzig, das ist kein Alter, für mich war die Frau eine Greisin, er verbrachte den Heiligen Abend immer bei ihr in Wien, und im Sommer verbrachte sie ein paar Tage oder Wochen bei ihm in Salzburg, eine adrette Frau. Der Podlaha hat mich leiden mögen, dachte ich, ich ihn auch. Mit dem Karl, dem älteren Lehrling, hatte er große Schwierigkeiten, der Karl war vier oder fünf Jahre in der Fremdenlegion und ist wieder aufgetaucht in Salzburg, plötzlich einmal mitten in der Stadt, er hat mich sofort erkannt. Seither habe ich nichts mehr von ihm gehört. Der Gehilfe Herbert war mir von Anfang an mit Sympathie begegnet. Er fuchste mich nicht. Keiner im Keller ist ein Sadist gewesen. Im Sommer war es hier kühl und im Winter durch die beiden Elektronachtspeicheröfen angenehm warm. Naturgemäß hatte ich die gröbste und sozusagen die niedrigste Arbeit zu verrichten, aber ich war von einer durchaus kräftigen Konstitution, und Siebzigkilosäcke wie die Kukuruzsäcke auf den Rücken zu hieven und zu tragen, war für mich keine Schwierigkeit. Ich hatte keine der Hunderte und Tausende von Tätigkeiten im Keller jemals als Degradierung empfunden. War die Fensterwäsche vorbei und waren alle Ladenfenster von mir blankgeputzt, fuhr immer ein Auto in die Wasserlache über der Eingangstür, und meine ganze Arbeit war wieder umsonst gewesen. Ich hätte sicher noch viele in der Scherzhauserfeldsiedlung gekannt, wie auch mich noch viele gekannt hätten, ich hätte nur in einen der Wohnblöcke hineingehen müssen, aber ich tat es nicht. Mir war mehrere Male vorgekommen, als wäre mir die eine oder andere Stimme hinter mir vertraut. Was für ein Leben hier herrscht, dachte ich, jetzt ist außer dem alten Schmutz nichts im Keller. Auch die Ratten und Mäuse, die, solange ich im Keller gewesen bin, in den Keller hereingekommen sind, haben sich zurückgezogen. Auch für sie gab es nichts mehr im Keller. Was machen die alten Leute jetzt, wenn der Keller als Lebensmittelgeschäft nicht mehr existiert, und zum Supermarkt ist es ihnen zu weit? Die Kinder, die damals da drüben Ball gespielt haben, dachte ich, sind längst erwachsen. Was ist aus ihnen geworden? Wieviele von den älteren Menschen von damals leben noch? Ungezählte Mauerrisse, größer geworden, ich kannte sie. Dieselben Vornamen wurden gerufen, aber es handelte sich um andere Kinder. Vielleicht haben es einige aus der Siedlung zu etwas gebracht? Der Makel, die Scherzhauserfeldsiedlung zu sein, *der Abschaum der Menschheit* wie ich immer wieder in bezug auf diese Leute gehört habe, ist ihnen geblieben. Kein Gasthaus in der Stadt hätte eine aus der Scherzhauserfeldsiedlung als Kellnerin angestellt. Kein Stadtgeschäft einen Mann aus der Scherzhauserfeldsiedlung als Verkäufer angelernt. Ein paar Eisenbahner, das war zu meiner Zeit das Höchste, das die Scherzhauserfeldsiedlung hervorgebracht hat. Wenn eine Partei, dann die Kommunistische. Aber die Kommunistische Partei ist in dieser Stadt immer eine lächerliche Minderheit gewesen, ein Hohn- und Spottverein. Die aus der Scherzhauserfeldsiedlung waren sicher nicht einmal bei der Feuerwehr. An einen Autobus- und an einen sogenannten Obusschaffner erinnere ich mich. Am Abend kamen die Männer, insoferne sie Arbeit hatten, bevor sie nach Hause gingen, in den Keller Bier und Wurst und Rettich einkaufen. Sie kamen in Schlosseranzügen und bis in den Herbst hinein barfuß oder ohne Socken in Holzpantoffeln, fast immer schon betrunken, sich nach ihren Frauen erkundigend. Die halbwüchsigen Mädchen hielten es Tag und Nacht mit den Amerikanern. Die Amerikaner überhäuften ihre Mädchen aus der Siedlung mit Schokolade und mit Nylonstrümpfen und Nylonblusen und mit dem ganzen, plötzlich mit ihnen in Europa hereingebrochenen Luxusunrat. Die Mädchen malten sich alle wie chinesische Puppen an, und in den hohen Stöckelschuhen hatten sie einen frechen, gleichzeitig komischen Gang. Sie kamen ganz hochmütig in unser Geschäft herunter, auf das sie, die Glücklichen, die sich einen Amerikaner *angelacht* hatten, nicht mehr angewiesen waren. Die Familien, die ein Mädchen hatten, trieben es, wenn es schon nicht von selber wollte, zu den Amerikanern, ich erinnere mich an die sogenannte Regenbogendivision, die in Salzburg stationiert gewesen war, hatten für eine Zeit ausgesorgt und waren angefeindet von den andern, die kein solches Glück hatten. Auch in der Scherzhauserfeldsiedlung hatten sich die Amerikaner verheerend ausgewirkt. Die kleinen Mädchen mauserten sich über Nacht zur Amerikanerin. Einige von ihnen aus der Siedlung waren von den Amerikanern umgebracht worden. Es gab mehrere aufsehenerregende Prozesse vor amerikanischen Militärgerichten in der sogenannten Lehener Kaserne. Die uniformierten Mörder waren abgeurteilt worden und verschwanden von der Bildfläche und nach Amerika. In der Scherzhauserfeldsiedlung hatte es bezeichnenderweise keine Nationalsozialisten gegeben, aber auch die Gegnerschaft ihrer Einwohner änderte bei Kriegsschluß naturgemäß nichts an ihrem Zustand, der immer elendig und für den Großteil der Betrachter abstoßend gewesen war. Einzelne Kommunisten und von den Nationalsozialisten sogenannte *Asoziale* waren von den Nationalsozialisten auch in der Scherzhauserfeldsiedlung ausgerottet worden, die Nazis hatten sich aus dem *Scherzhauserfeldsiedlungsgesindel* die, wie sie glaubten und sich auch zu sagen getrauten und sich auch heute wieder zu sagen getrauen, aus dem Scherzhauserfeldsiedlungsgesindel *die übelsten Elemente* herausgepickt und in die Vergasung und sonstige Vernichtung geschickt. Die Minderheit hat wieder Angst. Aber wer das sagt, ist der Verleumdung sicher und wird sofort der Lüge bezichtigt. In der Scherzhauserfeldsiedlung waren keine Nationalsozialisten oder doch? Die Ausgestoßenen sind auch die Ausgestoßenen der Politik. Die Amerikaner hatten für ein paar Dutzend Familien in der Scherzhauserfeldsiedlung eine immense Verbesserung ihrer Verhältnisse gebracht. Um den Preis der schönen oder weniger schönen traurigen Mädchen. In der Scherzhauserfeldsiedlung, in der Vorhölle als Hölle, habe ich niemals gehört, dem Hitler sei *einer durch den Rost gefallen,* aber ich habe es immer und immer wieder überall sonst in der Stadt gehört. Und ich höre es wieder. In der Scherzhauserfeldsiedlung wohnen und hausen gebrannte Kinder. Sie sind ununterbrochen verletzbar und niemand schützt sie. Sie sind sich selbst überlassen und wissen das. Die Frage ist nicht, waren die Leute in der Scherzhauserfeldsiedlung weniger glücklich als die Leute in der Stadt, denn eine solche Frage kann überhaupt nicht beantwortet werden, wie die Frage nach dem Glück niemals beantwortet werden kann, wir vergleichen, wir vermuten, aber wir dürfen uns nicht zu einer Antwort verleiten lassen. Das Glück ist in allen und in keinem wie das Unglück. Was wir sehen, was sagt es? Wir stellen die Frage nach dem Glück oft, weil sie die einzige ist, die uns lebenslänglich und immer beschäftigt, ohne Unterlaß. Aber wir beantworten sie nicht, wenn wir klug sind, wenn wir uns nicht mit unserem eigenen Schmutz noch mehr beschmutzen wollen, als wir schon beschmutzt sind. Ich suchte die Veränderung, das Unbekannte, vielleicht auch das Erregende und Aufregende, und ich fand es in der Scherzhauserfeldsiedlung. Ich bin nicht mit Mitleid in die Scherzhauserfeldsiedlung hineingegangen, Mitleid habe ich immer gehaßt, und am tiefsten das Selbstmitleid. Ich gestattete mir das Mitleid nicht, und ich handelte nur aus dem Überlebensgrund. Nahe daran, meinem Leben ein Ende zu machen *aus allen Gründen,* hatte ich die Idee, den Weg, den ich viele Jahre schon in krankhafter Stumpfsinnigkeit und Phantasielosigkeit gegangen war und auf welchen ich in trübsinnigem Ehrgeiz von meinen Erziehern gestellt worden war, abzubrechen, ich habe kehrtgemacht und bin durch die Reichenhaller Straße zurückgelaufen, zuerst einmal nur zurück, ohne zu wissen wohin zurück. Es muß von diesem Augenblick an etwas vollkommen anderes sein, habe ich gedacht, mehr nicht in der Aufregung, etwas dem, das ich bisher gemacht habe, vollkommen Entgegengesetztes. Und das Arbeitsamt in der Gaswerkgasse war genau in der entgegengesetzten Richtung, und ich wäre aus dieser entgegengesetzten Richtung unter keinen Umständen mehr umgekehrt. Die Scherzhauserfeldsiedlung war der äußerste Punkt der entgegengesetzten Richtung gewesen, und diesen äußersten Punkt habe ich mir zum Ziel gesetzt. An diesem äußersten Punkt durfte ich nicht mehr scheitern. Und nicht nur geographisch war die Scherzhauserfeldsiedlung der äußerste entgegengesetzte Punkt gewesen, in jeder Beziehung. Dort gab es nichts, das auch nur im entferntesten an die Stadt erinnerte und an alles, was mich in dieser Stadt jahrelang gequält und in die Verzweiflung und in beinahe schon ausschließliches Selbstmorddenken getrieben hatte. Hier gab es keinen Professor für Mathematik und keinen Professor für Latein und keinen Professor für Griechisch, und es gab keinen despotischen Direktor, bei dessen Auftauchen es mir schon den Atem verschlagen mußte, hier gab es *keine tödliche Institution.* Hier mußte man sich nicht ununterbrochen zusammennehmen, ducken, heucheln und lügen, um zu überleben. Hier war nicht alles an mir fortwährend den ja schon tödlichen kritischen Blicken ausgesetzt, und hier wurde nicht fortwährend unerhörtes Unmenschliches, die Unmenschlichkeit selbst von mir gefordert. Hier war ich nicht zur Lern- und Denkmaschine gemacht, hier konnte ich sein, wie ich war. Und alle andern konnten sein, wie sie waren. Hier wurden die Menschen nicht, wie in der Stadt, fortwährend und tagtäglich raffinierter in eine künstliche Form gepreßt. Man ließ sie in Ruhe, und auch mich hat man vom ersten Augenblick an in der Scherzhauserfeldsiedlung in Ruhe gelassen. Man durfte nicht nur denken, was man wollte, man durfte das Gedachte auch aussprechen, wann und wie man wollte, in jeder Lautstärke. Man mußte nicht fortwährend Gefahr laufen, wegen Eigensinns attackiert zu sein, die Persönlichkeit war plötzlich nicht mehr von den Regeln des bürgerlichen Gesellschaftsapparates, der ein menschenverheerender Apparat ist, niedergemacht und zermalmt, fortwährend wird in den Städten von dieser schauerlichen Stupiditätsgröße wie Salzburg an den Menschen herumgezupft und herumgeschüttelt, und auf ihnen wird ununterbrochen herumgehämmert und zurechtgefeilt und so lange herumgehämmert und zurechtgefeilt, bis von dem Menschen nichts mehr übriggeblieben ist als ein widerwärtiger und geschmackloser Kunstgewerbemensch. Ganz abgesehen von den Kleinstädten, in welchen alles grotesk ist, ist in den mittelgroßen Städten alles darauf konzentriert, die Menschen zu Kunstgewerbemenschen zu machen, alles ist in diesen Städten gegen die menschliche Natur, und schon die Halbwüchsigen sind von A bis Z nur mehr noch Kunstgewerbe. Der heutige Mensch kann sich nur noch auf dem hundertprozentigen Land oder in der hundertprozentigen Großstadt bewahren, nur auf dem hundertprozentigen Land, das es noch gibt, und in der hundertprozentigen Großstadt, die es auch noch gibt, in diesen gleichen Voraussetzungen gibt es noch die natürlichen Menschen, hinter dem Hausruck und in London beispielsweise und wahrscheinlich in Europa nur mehr noch in London und hinter dem Hausruck, denn London ist heute in Europa die einzige wirkliche Großstadt, und die ist nicht auf dem Kontinent, aber immerhin in Europa, und hinter dem Hausruck finde ich noch das hundertprozentige Land. Sonst haben wir in ganz Europa nur mehr noch die Kunstmenschen, die in den Schulen zu Kunstmenschen gemacht worden sind, sehen wir, gleich, welchen Menschen in Europa, wir haben es mit einem Kunstmenschen zu tun, mit dem abstoßenden menschlichen Kunstgewerbe, das, in die Millionen, wer weiß in wie kurzer Zeit, in die Milliarden gehend, von den gigantischen, unaufhörlich und unerbittlich menschenfressenden Schulsystemen bewegt wird, ein einziger abstoßender industrieller Marionettismus dröhnt uns in den Ohren, wenn wir noch hören können und kein einziger natürlicher Mensch. Hier in der Scherzhauserfeldsiedlung hatte ich möglicherweise den London- und Hausruckeffekt, damals war mir das nicht bewußt gewesen, ich gehorchte meinem Instinkt und war in die entgegengesetzte Richtung gegangen. Auf dem Höhepunkt der Verzweiflung und des Ekels war ich instinktiv in die richtige Richtung gegangen und, wie ich schon gesagt habe, gelaufen, aus der falschen Richtung endlich davongelaufen, davongerannt in die richtige. Und ich war allem, mit dem ich verbunden gewesen war, davongerannt, meiner Schule und meinen Lehrern und der Stadt meiner Schule und meinen Lehrern und meinen geliebten und ungeliebten Erziehern und Verwaltern und allen meinen lebenslänglichen Sekkierern und Irritierern und meiner ganzen konfusen eigenen Geschichte, indem ich der ganzen Geschichte davongerannt bin. Der die Kehrtwendung gemacht hat, rennt davon und rennt und rennt und weiß nicht, wohin er rennt, wenn er in die entgegengesetzte Richtung rennt. Ich war in die Scherzhauserfeldsiedlung gerannt, aber ich wußte nicht, was die Scherzhauserfeldsiedlung ist, ich vermutete, daß sie so und so sei, bis ich gesehen habe, daß sie so ist, wie ich geglaubt habe, daß sie sei. Mein Davonrennen hätte die totale Selbstzerstörung und Selbstvernichtung sein können, aber ich hatte Glück. Ich war im richtigen Augenblick zu den richtigen Menschen gekommen. Ich hatte alles auf eine Karte gesetzt wie dann immer wieder, und ich hatte Glück gehabt. Weil ich nicht einen Augenblick nachgegeben habe, weil ich mir keine Schwäche gestattet habe. Was wäre geschehen, denke ich, wenn ich auf die Beamtin im Arbeitsamt gehört hätte, die schon nach ein paar Minuten mein Anliegen als eine Verrücktheit bezeichnet und mich nach Hause geschickt hatte, wenn ich der Beamtin gehorcht hätte, wenn ich mich ihr nicht widersetzt hätte. Ich bleibe in ihrem Zimmer, bis sie mir die richtige Adresse gegeben hat, und zwar *die entgegengesetzte Adresse.* Sie hatte mich nicht verstanden, aber ich wußte, sie wird mir, bevor ich ihr Zimmer verlasse, *die entgegengesetzte Adresse* geben. Eher verlasse ich ihr Zimmer nicht. Ich war entschlossen, sie zu zwingen, mir *die richtige Adresse in der entgegengesetzten Richtung* zu geben. Ich hätte sie gewaltsam gezwungen. Es wird ihr oft untergekommen sein, daß ein verzweifelter Schüler kommt und sein vergiftetes Leben oder seine entsetzliche Existenz ändern will und schon im ersten Augenblick schwach wird vor ihr. Alle diese zerstörten Menschen, die wir kennen, sind im entscheidenden Augenblick schwach geworden, haben nachgegeben, aber man darf im entscheidenden Augenblick nicht nachgeben. So hatte sie auf einmal die richtige Adresse aus dem Karteikasten herausgezogen, mein großes Los. Karl Podlaha, Scherzhauserfeldsiedlung, Block B. Mit dem Los in der Hand rannte ich hin, und ich mußte Glück haben. Der Anfang im Keller war schwer gewesen, das darf nicht verschwiegen sein. Werde ich die Anforderungen, die in einem solchen Laden an einen jungen, tatsächlich hypersensiblen Menschen von einem Augenblick auf den andern gestellt werden, erfüllen, es recht machen können? hatte ich mich gefragt. War ich nicht körperliche Arbeit überhaupt nicht gewöhnt und hatte immer Mühe gehabt, meine Schultasche durch die Reichenhaller Straße und durch das Neutor ins Gymnasium zu tragen? War es mir möglich, mit diesen Menschen, die mir alle unbekannt und in ihrer Art und Weise vollkommen fremd gewesen waren, fertig zu werden? Und wußte ich nicht, daß Rechnen nicht meine Stärke ist? Kopfrechnen, was für ein Wahnsinn! Ganze Lastwagen voller Erdäpfel im strömenden Regen allein und nur mit einer schweren Eisenschaufel ausgerüstet abladen? In das

Magazin befördern? Und vom Magazin herauf und in den Keller hinunter die Schmalzkisten und die Kunsthonigkisten und die Zuckerschachteln? War ich der junge Mensch, der sich einem wildfremden Lehrherrn, der in seinem Gesicht auch die härteren Züge nicht verbergen hatte können, ausliefern konnte, bedingungslos? Die Roheit des Gehilfen, die Feindlichkeit des Lehrlings Karl, die ich im ersten Augenblick zu bemerken glaubte, werde ich mich da durchsetzen können? Bei allen diesen Leuten, die mir rücksichtslos und gemein vorgekommen sind bei ihrem Eintreten im Geschäft, und wie sie sich im Geschäft aufführten? Alle Aufgaben hatte ich lösen können, und in der kürzesten Zeit hatten sich alle Schwierigkeiten als durchaus zu meistern herausgestellt. Ich hatte das große Los gezogen. In diesem Bewußtsein bin ich, überrascht von meinen körperlichen und geistigen Fähigkeiten, mit dem größten Schwung in die Lehre hineingegangen. Es hat sich bezahlt gemacht. Das Krämermilieu war mir nicht neu, die Schwester meines Großvaters mütterlicherseits, Rosina, hatte im Hause ihrer Eltern in Henndorf eine sogenannte Gemischtwarenhandlung, und es gehörte zu den Höhepunkten meiner Kindheit, in der Gemischtwarenhandlung meiner Tante dabei zu sein, wenn sie bediente. Es gab noch Zuckerhüte in blaues Packpapier eingewickelt, es war die Zeit der Ruderleibchen und Petroleumlampen, die Zeit vor achtunddreißig. Drei, vier, fünf Jahre alt und wie alle Kinder in die Süßigkeiten vernarrt und wie alle Kinder mit der raffiniertesten Beobachtungsgabe ausgestattet, war mir der Lieblingsaufenthalt in Henndorf immer der Gemischtwarenladen meiner Tante gewesen, die zu diesem Geschäft auch noch ein größeres Gasthaus und eine kleine Landwirtschaft führte. Diesen Besitz hatte mein Großvater nach dem Selbstmord seines älteren Bruders, der auf dem sogenannten Zifanken ein herrschaftlicher Revierförster gewesen war, als Erbe nicht angenommen und, weil er in die deutschen Großstädte und keinen hinderlichen Besitz haben wollte, seiner Schwester Rosina überlassen. Von dem Bruder meines Großvaters, dem Revierförster, von welchem ich mehrere Fotografien habe, ist mir von meinem Großvater überliefert, daß er sich auf der höchsten Erhebung des Zifanken mit seinem Gewehr erschossen und an der Selbstmordstelle einen Zettel hinterlassen hat, auf den er sozusagen als Begründung seines eigenhändigen Lebensabschlusses geschrieben hatte, daß er sich erschieße, weil er *das Unglück der Menschen nicht mehr ertragen* könne. Meine Tante Rosina wußte, womit sie mich fesseln konnte, indem sie mich in ihrem Laden gewähren und also immer wieder Schubladen auf- und zumachen, Flaschen in das Magazin hinaus- oder vom Magazin in den Laden hereintragen und, sozusagen als Höhepunkt, Kleinigkeiten an Kunden verkaufen ließ. Aus dieser Zeit habe ich eine Vorliebe für das Kaufmannsgeschäft. Aber der Keller des Karl Podlaha hatte mit dem Gemischtwarenladen meiner

Tante nichts mehr zu tun, die Gerüche in ihm waren andere, nicht mehr der typische Geruch der Gemischt- und Kolonialwarenhandlung, und es hatte in ihm auch keine Zuckerhüte mehr gegeben und keine Petroleumlampen, und die Ruderleibchen waren längst aus der Mode gekommen und vergessen. Auch von der Ruhe, mit welcher meine Tante Rosina ihre Waren angepriesen und verkauft hat, war nichts im Keller des Karl Podlaha, und der Gemischtwarenladen in Henndorf, so bescheiden als möglich und nur mit Holzregalen und Holzladen ausgestattet, hatte ja auch nur ein paar Dutzend treuen Dorfkunden dienen müssen, während der Keller in der Scherzhauserfeldsiedlung an die tausend Kunden zu versorgen hatte, und der alles in allem doch spitzfindige Großstädter Podlaha war natürlich mit meiner eher schwerfälligen und gutmütigen Tante Rosina in Henndorf nicht zu vergleichen. Aber ich will nur sagen, daß die Kaufmannstradition bei den Unseren eine uralte Tradition ist, der Vater der Tante Rosina und also der Vater meines Großvaters und also mein Urgroßvater war, wie es noch auf dem Grabstein in Henndorf zu lesen steht, tatsächlich ein sogenannter *Großhändler* gewesen, der die Butter und das Schmalz der Flachgauer Bauern auf den Wiener Naschmarkt geliefert hat und mit dieser Tätigkeit nicht nur im ganzen Flachgau als *Schmalzsepp* berühmt, sondern auch ein wohlhabender Mann geworden ist. Viele Flachgauer wissen auch heute noch, was unter dem Begriff *Schmalzsepp* zu verstehen ist, und das Wort *Schmalzsepp* macht den Flachgauern, wenn sie wissen wollen, wer und woher ich sei, im Augenblick und mit dem größten Respekt meine Herkunft klar. Im Keller war ich nicht ausgeliefert, sondern *geborgen* gewesen. Indem ich mich vollkommen und hundertprozentig der Scherzhauserfeldsiedlung als einer meiner Erfahrung und Erziehung entgegengesetzten Richtung ausgesetzt hatte, hatte ich Schutz gefunden, in dem totalen Widerspruch war ich auf einmal zu Hause, jede einzelne der Hunderte und Tausende von Beschäftigungen im Keller, die alle anzuführen überflüssig ist, war mir ein Mittel zum Zwecke meiner Errettung gewesen. Die Vernunft hatte voraussehen lassen, daß ich durch meinen Entschluß verloren sei, aber das Gegenteil war eingetreten. Weil ich von der vollkommenen Sinnlosigkeit meiner Existenz als Gymnasiast und als das, was das Gymnasium in einem Menschen bewirkt und bewirken *muß*, überzeugt gewesen war, durfte ich den Schritt in die Ungewißheit wagen. Nur die hundertprozentige Überzeugung kann eine Möglichkeit zur Errettung sein. Aber der Keller ist nicht nur die Erfreulichkeit für mich gewesen. Oft bin ich, angewidert von der Fürchterlichkeit der Kellerumstände, die Menschen und Gegenstände im Keller betreffend, aus dem Keller hinaus in das Magazin geflüchtet, weil ich an mir und an den andern gescheitert war. Die Sensibilität des Halbwüchsigen, der ich ja immer noch gewesen war, hatte unter der Brutalität der Kellerkunden und unter der Brutalität des Podlaha und unter der allgemeinen Gemeinheit den kürzeren gezogen, war ich selbst nun die Ursache oder nicht. Dem Weinen näher als der Verfluchung, habe ich oft Kisten geschleppt, Säcke, meinen Kopf in die Mehltruhe hineingesteckt. An einer nicht genau angefüllten Maggiflasche hatte sich der Zorn des Podlaha entzünden und mich kopfüber in Verzweiflung und Angst stürzen können. Die Roheit der Kunden war ebenso intensiv gewesen wie ihre Zuneigung. Die großen Fehler hatte der Podlaha oft übersehen, sich aber über kleine in völlig unangemessener Weise aufregen können, er war ein jähzorniger Mensch, der von einem Augenblick auf den andern in Wut kommen konnte. Er haßte die Unkorrektheit, und er litt keine Unaufrichtigkeit. In seiner Kleidung, selten habe ich ihn sozusagen in Zivil und also ohne Geschäftsmantel gesehen, war er eitel gewesen, aber, soviel ich weiß, in seinen Existenzansprüchen bescheiden. Er hätte keinen Grund gehabt, etwas vorzumachen. Er liebte, wie alle Wiener, Landpartien und Geselligkeit, aber davon weiß ich nur aus Erzählungen. Für einen Lebensmittelhändler war er im Grunde zu intelligent, wahrscheinlich ist das die Ursache dafür gewesen, daß er den Keller lange vor der Zeit, also noch in seinen fünfziger Jahren, aufgegeben hat. Er liebte Bruckner und Brahms und war ein eifriger Konzertsaalbesucher. Die Musik war der Gegenstand, über den wir uns oft unterhalten haben. Und vielleicht war *der Podlaha, der verhinder-*

te Musiker und Klassikerfreund, der Anlaß, warum ich selbst mich, nach ein paar Monaten Kellerlehrstelle, wieder an die Musik als eine Existenzmöglichkeit erinnerte. In der Festspielzeit erschien er schon am Nachmittag in einem schwarzen Anzug, damit er gleich nach Geschäftsschluß in das Konzert gehen konnte, ohne Umweg nach Hause, und die Partitur der jeweils von ihm besuchten Konzerte war seine unumgängliche Ausrüstung. Nach jedem Konzertabend war er, wie man sagt, ein anderer Mensch gewesen, und tagelang war, was er gehört hatte, noch in ihm. Er verstand sehr viel von Musik, wie ich heute weiß, mehr als so mancher Musikwissenschaftler, den ich kenne. Auch im Keller war ich schließlich nicht ohne Gegensatz ausgekommen, ich erinnerte mich der Musik und an meine unrühmlich beendete Karriere auf der Geige. Ich hatte inzwischen ein neues Instrument erprobt, meine Stimme. Die Mutation hatte mir eine Baßbaritonstimme geschenkt. Wenn ich allein war, übte ich mich in bekannten und selbsterfundenen Opernmelodien, was ich auf meiner Geige versucht hatte, jetzt war es in der beinahe völligen Finsternis des Magazins oder im Nebenzimmer des Geschäfts oder auf dem Mönchsberg gesungen. Ich hatte nicht die Absicht, mein ganzes Leben im Keller zu bleiben, wenn ich auch keinerlei Vorstellung meiner Zukunft hatte, der Keller war keine lebenslängliche Selbstauferlegung und Selbstverurteilung und Selbsteinkerkerung. Und sollte ich mein ganzes Leben in diesem oder in einem anderen Keller verbringen oder verbringen müssen, es war nicht vorauszusehen, so war es um so notwendiger gewesen, daß ich einen Gegensatz hatte. Die Musik war der meinem Wesen und meinem Talent und meiner Neigung entsprechendste Gegensatz. Ob aus Eigeninitiative oder auf meinen Wunsch, weiß ich nicht mehr, mein Großvater hatte in einer Zeitung ein Inserat aufgegeben, in welchem er einen Gesangslehrer für mich suchte, schon hatte er mich als eine Art Salzburger Schaljapin gesehen, und das Kennwort des Inserats, ich erinnere mich genau, war das Wort *Schaljapin* gewesen, von Schaljapin als dem berühmtesten Bassisten seiner Zeit hatte mir mein Großvater oft erzählt, er haßte die Oper und alles, was mit der Oper zusammenhing, aber die urplötzliche Möglichkeit, daß sein geliebter Enkel vielleicht ein berühmter Sänger wird, betrachtete mein Großvater doch als ein großes Glück. Er hatte eine besondere Vorliebe für Anton Bruckner, mehr weil ihm das bäuerliche Wesen Bruckners verwandt gewesen war, nicht weil er von der Musik Bruckners begeistert gewesen wäre, alles in allem waren seine Musikkenntnisse die unzureichenden des gelegentlichen Musikliebhabers. Er war, wie alle meine Verwandten, musikalisch, aber die Musik hatte bei ihm keinen höheren Stellenwert. Aber jetzt empfand er wahrscheinlich mein früheres Geigenspielen als das willkommene Fundament einer Gesangsausbildung, für die er sich, kaum war die Idee dafür aufgetaucht, vehement einsetzte. Er fühlte, daß ich, auch wenn mir das gleich und im Grunde vielleicht sogar recht gewesen war, ohne einen Gegensatz dazu im Keller verkümmern müsse, und alles mich Betreffende hatte sich in ihm auf einmal auf meine Sängerausbildung konzentriert. Er hatte festgestellt, daß ich eine brauchbare, entwicklungsfähige Singstimme hatte, und ich war von diesem Moment an für ihn nicht mehr, wie er naturgemäß schon geglaubt hatte, hundertprozentig an den reinen verabscheuungswürdigen Materialismus verloren, er konnte sein zuletzt für mich gesetztes Ziel: *Kaufmann* in *Sänger* erhöhen, was bedeutete, daß ich auf einmal die Möglichkeit hatte, *Künstler* zu sein. Augenblicklich war der Kaufmann gestürzt und der Sänger auf sein Podest erhoben, obwohl: Was war im Grunde gegen einen guten Kaufmann zu sagen? Was spricht im Grunde für einen Sänger? Es war ihm aber in der Möglichkeit, daß aus mir ein Sänger, und sei er selbst ein solcher in der von ihm zeitlebens verabscheuten Oper, wird, wohler als in dem Gedanken, ich sei nur ein Kaufmann. Plötzlich hatte er immer per *nur ein Kaufmann* gesprochen, wenn er vom Kaufmann gesprochen hat, dagegen mit größter Bewunderung vom Sänger, und er hatte, mit der gleichen Überzeugungskraft und mit dem gleichen Enthusiasmus, mit welchem er vorher immer vom Kaufmann gesprochen hatte, auf einmal vom Sänger gesprochen, und er vertiefte sich in die Musikgeschichte, um möglichst alles und möglichst das Hervorragende über die Sänger zu erfahren. Mit der Welt des Schaljapin und mit der Welt des Caruso und mit der Welt der Tauber und Gigli, die ihm im Grunde nichts anderes als verabscheuungswürdige Welten gewesen waren, versuchte er, auf mich Eindruck zu machen und mir tatsächlich eine Sängerkarriere einzureden. Aber er brauchte mir eine solche nicht einzureden, ich selbst war auf einmal von meiner Sängerkarriere überzeugt gewesen, vollkommen davon überzeugt gewesen, nachdem ich von der ersten Sophie in der Uraufführung des Rosenkavalier von Richard Strauss in Dresden, Maria Keldorfer in der Pfeifergasse, als Gesangsschüler akzeptiert worden war und mir die Frau Keldorfer auch eine Karriere als Sänger mehr oder weniger versprochen hatte. Das Inserat meines Großvaters mit dem Kennwort *Schaljapin* hatte die alte Dame beeindruckt, und sie hatte darauf meinem Großvater geschrieben, und ich war in die Pfeifergasse gegangen und hatte der alten Dame vorgesungen, und sie hatte mich sozusagen in ihren musikalischen Schutz genommen. So war ich von irgendeinem Montag oder Donnerstag an an den Abenden, nach Geschäftsschluß, in die Gesangsstunde gegangen, und es war ausgemacht, daß ich diese Gesangsstunden von meiner Lehrlingsentschädigung, die damals fünfunddreißig Schilling im Monat betragen hat, bezahlte, einen erforderlichen Zuschuß bekam ich von meinem Großvater. Es war dem Podlaha einerseits gar nicht recht gewesen, daß in meinem Kopf fortan auch die Musik und insbesondere der Gesang einen

Platz hatte, aber andererseits merkte ich, wie er daran interessiert gewesen war, mit mir über Musik zu reden, und diesen Gesprächen ist mein Musikunterricht entgegengekommen. Jetzt, durch Aufnahme des Gesangsunterrichts, in welchem ich gleich die größten Fortschritte machte, war, schien mir, meine Existenz in die richtige Position gerückt, der Keller war auf einmal sozusagen durch einen musikalischen Trick abgestützt. Ich ging jetzt noch lieber in den Keller als vorher. Meine Liebe zur Musik, die lebenslänglich meine große Liebe gewesen und geblieben ist, war mit einem Schlag in einem regelrechten Musikstudium verankert gewesen, der Mann der Maria Keldorfer, der berühmte hannoveranische Professor Theodor W. Werner, Musikwissenschaftler und Kritiker, hatte mich schon nach kurzer Zeit ebenfalls unter seine Fittiche genommen, er unterrichtete mich, und zwar kostenlos, nach jeder Gesangsstunde, die ich bei seiner Frau absolviert hatte, in Musiktheorie und später dann beinahe ausschließlich in der Musikästhetik, in dem Fach, das auch am Mozarteum das seine gewesen war, und die hervorragendsten musikalischen Kenntnisse verdanke ich bis zum heutigen Tage ihm, obwohl ich später noch viele Musiklehrer und sehr viele bekannte Musiklehrer an unseren Akademien gehabt habe. Was mir in meiner Gymnasialzeit niemals möglich gewesen war, konkret und exakt mich mit Musik zu beschäftigen, nicht nur in ekstatischer Leidenschaft, ihre Grundlagen zu erforschen und auf diesen

Grundlagen in meiner musikalischen Bildung weiterzugehn, war mir jetzt selbstverständlich. Ich entwickelte die Musik, als wäre sie nichts als eine höhere Mathematik, und gelangte mit der größten Wissensbereitschaft zu den besten Ergebnissen. Voraussetzung waren jetzt mein absoluter Wille, Musik zu machen *und* zu studieren einerseits, und die in allem außergewöhnlichen und außerordentlichen Persönlichkeiten meiner neuen Lehrer in der Pfeifergasse gewesen, in jenem Hause, in welchem der Biedermeiermaler Stief seine in vielen Salzburger Kirchen, Palästen und Bürgerhäusern hängenden Ölbilder malte und der der Großvater meiner Lehrerin gewesen war, in jenem dreistöckigen Hause mit seinen vielwinkeligen Vorhäusern und Zimmern, in welchem ich die einfachsten und vornehmsten Gewölbe und die kunstvollsten Stukkaturen gesehen habe. Das ganze Haus war von oben bis unten mit den kostbarsten Empire- und Biedermeiermöbeln eingerichtet, und im Salon stand das sogenannte Herzstück des Hauses, ein Steinwayflügel. Viele Jahre bin ich in dieses Haus gegangen und an diesen Steinwayflügel, an welchem ich die Schönheiten und die Fürchterlichkeiten des Gesangsstudiums kennengelernt habe. Heute weiß ich, ich wäre ein guter Oratoriensänger geworden, Purcell, Händel, Bach, Mozart hätten ohne weiteres der Inhalt meines Lebens sein können. Ich hatte das Glück, nicht nur von einer der zweifellos gebildetesten, gleichzeitig subtilsten Gesangslehrerinnen, wie sie die Maria Keldorfer gewesen war, in Gesang und also in dem ersten aller praktischen Instrumente ausgebildet zu werden, der größte Vorzug war die gleichzeitige musikwissenschaftliche Disziplinierung gewesen, und wahrscheinlich war der dritte entscheidende Umstand dieses Glücks, daß ich nicht nur Gesang studierte und Musikwissenschaft, sondern auch noch in die kaufmännische Lehre ging. Diese drei, Gesang, Musikwissenschaft und kaufmännische Lehre, hatten aus mir plötzlich einen ununterbrochen in größter Anspannung existierenden, tatsächlich völlig ausgelasteten Menschen gemacht und mir einen Idealzustand in Kopf und Körper ermöglicht. Die Umstände waren auf einmal und völlig unvorhergesehen richtig gewesen. Die Scherzhauserfeldsiedlung, die Vorhölle als Hölle und mein Zuhause einerseits und die Pfeifergasse andererseits, diese Gegensätze mußten mich retten, und sie retteten mich nicht nur, sie waren die Voraussetzung für alles später Gekommene. Ich glaube, ich war ein Jahr in die Scherzhauserfeldsiedlung gegangen, bis mein Großvater das Inserat mit dem Kennwort *Schaljapin* in der Zeitung aufgegeben hat. Ich liebte den Gegensatz, wie ich auch heute vor allem den Gegensatz liebe, der Gegensatz von Scherzhauserfeldsiedlung und also Keller und Vorhölle als Hölle und Zuhause zu Musik und Pfeifergasse, der Gegensatz zwischen allen diesen salzburgischen Unvereinbarkeiten meiner Jugend hat mich gerettet, ihm verdanke ich alles. Jetzt *lernte* ich, und es war mein freier Wille, den

Kaufmannsberuf, und *studierte*, und es war genauso mein freier Wille, die Musik, und ich *lernte* das eine so gründlich und mit der größten Entschiedenheit, wie ich das andere mit der größten Entschiedenheit *studierte.* Freiwillig, darauf war es angekommen. Ich schenkte mir nichts, und das hat mich gerettet und mich bis zu einem gewissen Grad glücklich gemacht. Es ist eine glückliche Zeit gewesen, in welcher ich mir nichts geschenkt habe. Ich lernte den Kaufmannsberuf, und ich studierte die Musik gleichzeitig, und ich spielte keine dieser todernsten Tatsachen gegeneinander aus. Sollte ich nun Sänger werden, mir war es gleich, oder Kaufmann, mir war es auch gleich. Ich hatte in meinem Interesse und in meiner Begeisterung für beide Möglichkeiten, die damals meine entscheidenden Lebensmöglichkeiten gewesen waren, nicht nachgelassen. Ich konnte mir ein Nachlassen nicht leisten, wollte ich nicht wieder in meinem Unglück gefangen sein. Mein Musikstudium ist meinem Lehrlingsdasein nützlich gewesen, umgekehrt mein Lehrlingsdasein meinem Musikstudium, ich befand mich im Gleichgewicht. Mein Großvater hat wieder aufatmen können. Ich hatte mir ein neues Selbstbewußtsein geschaffen, die Natur an sich hat es mir ermöglicht. Plötzlich hatte ich ein Geschenk bekommen, von welchem andere ihr Leben lang träumen müssen, ohne daß es ihnen zuteil wird, auf einmal war da, was ich nicht im entferntesten gehofft hatte, mir überhaupt nicht vorgestellt hatte, die Kühnheit, an Naturgeschenke zu glauben, hatte ich nicht mehr besessen. Wenn ich wollte, konnte ich der Welt zeigen, daß ich bereits ein Künstler gewesen war, ich sang die kompliziertesten Koloraturen in den schwierigsten Passionen und Oratorien, den Simon in den ›Jahreszeiten‹, den Rafael in der ›Schöpfung‹, den Caleb in ›Josua‹ von Händel. Die Strenge meiner Lehrerin, die meine Situation erfaßt hatte, ermöglichte mir ein rasches Weiterkommen, die Töne kippten mir nicht mehr um, fielen mir nicht mehr nacheinander in den zu weit offenen Hals hinunter, ich produzierte sie immer raffinierter, immer leichtfertiger, immer kunstvoller und gleichzeitig natürlicher. An das ›Dettinger-Tedeum‹ erinnere ich mich, an den ›Messias‹. Händel liebte ich von meiner frühesten Kindheit an, Bach bewunderte ich, aber er ist immer nur in die Nähe meines Herzens gekommen, Mozart war meine ureigene Welt. Meine Gesangslehrerin, eine intelligente Vertreterin ihrer Zunft, brachte nach und nach meinen Kehlkopf und meinen Hals und alle übrigen für einen Sänger lebensnotwendigen Organe in die bestmögliche Verfassung, ihr Mann, der Musikwissenschaftler, kümmerte sich um meinen musikalischen Kopf. In diesen Unterricht ging ich ganz von selbst und auf die natürlichste Weise und ohne geringsten Widerspruch hinein, die Überraschung, daß Lernen, Studieren, Sich-Bilden eine reine Freude sein kann, machte mich glücklich. Der Vorteil war, daß ich den zweifellos unerhörten theoretischen Gewinn von einer auf die andere Stunde in der Pfeifergasse gleich in die Praxis umsetzen und davon gewinnbringend profitieren konnte, was ich bei dem Professor Werner lernte, war mir bei seiner Frau sofort nützlich gewesen und umgekehrt. An jedem zweiten Unterrichtstag versammelten sich in der Pfeifergasse mehrere Schüler meiner Lehrerin, allen voran ist mir der Sohn des Karosseriebauers Petschko aus der Glockengasse in Erinnerung, ein Bariton, mit dem ich jahrelang Duette gesungen habe, dann die Tochter eines angesehenen und weltweit berühmten Spediteurs in der Stadt, die an den Wochenenden ihren zarten Sopran beisteuerte, und eine Altistin aus Bayern. Wir haben alle einschlägigen Duette und Terzette und Quartette gesungen und waren zu unserem eigenen Gaudium und zur Freude der Verwandten und Bekannten meiner Mitschüler öfters in den Salons der Eltern meiner Mitschüler in Hauskonzerten aufgetreten, in welchen wir die Publikumsscheu ablegen und uns auf das Natürlichste (so unsere Lehrerin) präsentieren sollten. Werner, der Musikwissenschaftler aus Hannover, der, wie an anderer Stelle schon angedeutet, im Krieg seinen ganzen Besitz, aber nicht seine Liebenswürdigkeit verloren hatte, ging nach jedem Konzert an den späteren Nachmittagen mit einer fein säuberlich mit der Hand geschriebenen Kritik, mit einem kleinen Meisterwerk, wie ich heute weiß, aus der Pfeifergasse über den Mozartplatz und durch die Judengasse und über die Staatsbrücke und in die Paris-Lodron-Straße in die Zeitungsredaktion des ›Demokratischen Volksblatts‹, das seine Gedanken, die immer die außerordentlichsten Gedanken gewesen sind, abdruckte. Er war nichts weniger als ein Musikwissenschaftler *und* Philosoph, was die Redakteure und die Leser des ›Demokratischen Volksblatts‹, der einzigen sozialistischen Tageszeitung in der Stadt, zwar hochgeschätzt, aber niemals begriffen haben. Er, Werner, war immer korrekt in einen maßgeschneiderten Anzug mit Weste gekleidet gewesen, und er hatte großen Wert auf blankgeputzte Schuhe gelegt, und er trug eine Taschenuhr mit einer auffallend langen Kette in der Weste. Er trank gegen Abend, hinter einem sogenannten Glasverschlag in der Küche, die auch als winterlicher und als sommerlicher Aufenthaltsraum gemütlich gewesen war, sein Viertel Rotwein und verschwand dann in seinem Arbeitszimmer und komponierte. Das Verhältnis der beiden, eine glückliche Ehe zweier gänzlich verschiedener Menschen, war, wenigstens für mich, der ich nichts Dagegensprechendes gesehen habe, das beste. Auch in ihrem Fall hatte sich das allgemeine Weltkriegsunglück ausgezahlt. An den Wänden in ihrem Hause, dem Vaterhaus meiner Gesangslehrerin, hatte ich ihre Epoche ablesen können, die zu diesem Zeitpunkt im Grunde längst vorüber gewesen war. Die Ölbilder und die vielen Kupferstiche gefielen mir, im ganzen Haus war alles, zu einer Zeit, in der überhaupt nichts mehr intakt gewesen war, intakt. Es war alles ein Widerspruch. Es war, als ginge ich auf dem Weg in die Pfeifergasse durch eine chaotische und verabscheuungswürdige Welt in eine intakte, eine von diesem Chaotischen nicht berührte. Aber wahrscheinlich täuschte ich mich. Wenn ich die Steintreppen in dem kahlen und kalten Vorhaus hinaufstieg, empfand ich es als Reinigung, als Reinigung meines ganzen Wesens. Dann läutete ich, und ich wurde hineingelassen, meistens wurde mir mit dem rechten Zeigefinger vor dem Mund der Frau Werner, geborener Keldorfer, angedeutet, daß ich nur leise zu sprechen habe, denn der Musikwissenschaftler komponiere. Dann ging es auf Zehenspitzen in den Salon und an den Steinway. Alle Anweisungen waren geflüstert, es war, wie man sagt, totenstill. Nach einiger Zeit klopfte es an die Tür, der Musikwissenschaftler hatte seine Aufgabe beendet, vielleicht gerade seine Kritik über das letzte Konzert geschrieben, der Klavierauszug wurde aufgeschlagen, und wir fingen an. Meine Stimme war stark, und ich hätte mit ihr unter Umständen ohne weiteres den Salon zerschmettern können, so dachte ich, ganz im Widerspruch zu meinem mageren, hochaufgeschossenen Körper, der zu dieser Zeit, Kennzeichen von Wahnsinn *und* Pubertät, fast immer mit einem Ausschlag bedeckt gewesen war. Ich liebte die Pfeifergasse, und ich liebte die Menschen in ihr. Meine Lehrerin hatte eine, wie gesagt, ganz außerordentliche Karriere gemacht, sie hatte es, glaube ich, nicht notwendig, aus Geldnot zu unterrichten, sie gab ihre Stunden uneigennützig. Schon nach kurzer

Zeit hatte sie mich in mehrere Kirchen in der Stadt vermittelt, und ich sang dort an vielen Sonntagvormittagen in der Messe. Zähigkeit, Disziplin, Unermüdlichkeit vorausgesetzt, meinte sie, stünde auch meiner großen Karriere als Sänger nichts im Wege. Es dauere noch ein paar Jahre, aber wie ich wisse, eile die Zeit. Schöne und gute Stimmen gebe es genug, aber kaum jemals eine Persönlichkeit. Sollte ich eine solche Persönlichkeit sein? Sie hatte ja nicht gesagt, ich *sei* eine solche Persönlichkeit. Sie war unnachgiebig, genau, hörte den kleinsten Fehler. Solange dieser kleinste Fehler nicht ausgemerzt war, ging der Unterricht nicht weiter. Manchmal hatte sie mir gedroht, den Unterricht abzubrechen, mich überhaupt nicht mehr weiter zu unterrichten, weil sie genug von meiner Indolenz, von meiner Faulheit habe. Aber solche Drohungen gingen vorüber. Zu Hause begegneten sie meiner Wiederentdeckung und also meiner zweiten Entdeckung der Musik mit Ablehnung, sie betrachteten meine Bemühungen als Zeit- und Geldverschwendung, und die Argumente meines Großvaters, der mich, wo und wie er nur konnte, hundertprozentig unterstützte, überzeugten sie nicht. Kaum sei ich auf einem, wie sie jetzt schon eine Zeitlang geglaubt hatten, richtigen und das heißt ordentlichen, weil für sie durchschaubaren und ausdenkbaren Weg, verirrte ich mich in eine Narretei, wie sie es nannten, und machte wieder alles zunichte. Ihr Argwohn aus Mangel an Weitblick und ihre tatsächliche Unbildung waren, was immer ich tat, worin immer ich mich versucht hatte, gegenwärtig. Aber ich hatte zuviel Kraft geschöpft in der Zwischenzeit, um, von ihnen schwankend gemacht, umgeworfen zu werden. Ich hatte die äußerste Willenskraft und alle anderen Kräfte zusammengenommen und war entschlossen, mich von jetzt an von nichts mehr irritieren zu lassen. Sie hatten alle an mir gezogen und gezerrt, und sie hatten mir alle Behinderungen zuteil werden lassen, die ihnen möglich gewesen waren, aber ich war absolut unbeirrbar. Ich verdiente mir im Keller meine Lehrlingsentschädigung und mit der Lehrlingsentschädigung meine musikalischen Studien und war im übrigen in dieser Zeit vollkommen anspruchslos, um herauszukommen und weiterzukommen, wo heraus und wohin weiter, hatte ich nicht mehr zu fragen, und zurückzuschauen gestattete ich mir nicht mehr. Ich mußte in die Scherzhauserfeldsiedlung und in den Keller gehn, um in die Pfeifergasse zu gelangen und um Arien singen zu können und glücklich zu sein. An den Abenden stieg ich auf den Mönchsberg hinauf und setzte mich unter eine Baumkrone und dachte an nichts und beobachtete und war glücklich. Ich hatte einen Lieblingsplatz über der Felsenreitschule, von welchem aus ich mir die unten in der Felsenreitschule aufgeführten Opern anhören konnte. Die ›Zauberflöte‹, die Oper, die in meinem Leben die erste Oper ist, die ich gehört und gesehen habe und in welcher ich gleich drei Partien gesungen habe, den Sarastro, den Sprecher und den Papageno.

In dieser Oper, die ich in meinem Leben sooft als möglich gesehen und gehört habe, hatten sich mir alle musikalischen Wünsche auf die vollkommenste Weise erfüllt. Da saß ich unter dem Baum und hörte zu, und nichts auf der Welt hätte ich eingetauscht für diese Empfindung. Oder ›Orpheus und Eurydike‹ von Gluck, für die ich meinen Verstand ausgeliefert hätte. Jahrelang war ich auf den Mönchsberg gestiegen, um die Proben zu den in der Felsenreitschule aufgeführten Opern mitanzuhören. Jahrelang hatte ich auf diese Weise mein Musikstudium bereichern, intensivieren, vervollkommnen können. Später habe ich an den Proben selbst teilgenommen, und ich habe in mehreren Aufführungen der Festspiele, in Messen und Oratorien, gesungen. Aber dahinein und dazwischen hatte sich urplötzlich eine andere Zeit geschoben. Im dritten Lehrjahr, an einem Oktobertag, ich war über siebzehn, fast achtzehn Jahre alt, hatte ich einen mit mehreren Tonnen Erdäpfeln angefüllten Lastwagen vor dem Geschäft abzuladen. In dem pausenlosen Schneetreiben hatte ich mich erkältet. Eine schwere Grippe war die Folge gewesen. Ich lag mehrere Wochen zu Hause im Bett unter hohem Fieber, bis mir dieser Ausnahmezustand zu dumm gewesen war. Ich stand, obwohl ich noch Fieber hatte, auf und ging ins Geschäft und mußte die Rechnung für diese eklatante Dummheit bezahlen. Zurückgeworfen in eine Krankheit, die mich über vier Jahre lang an Krankenhäuser und Heilanstalten gefesselt hat, schwebte ich, wie man sagt, einmal mehr, einmal weniger besorgniserregend, zwischen Leben und Tod. Von meinem Großvater habe ich die lebenslängliche Gewohnheit, früh und fast immer vor fünf Uhr früh aufzustehn. Das Ritual wiederholt sich, den Jahreszeiten wird, gegen die pausenlosen Kräfte der Trägheit und in dem ununterbrochenen Bewußtsein, daß alles Tun nur ein sinnloses Tun ist, durch die tagtägliche gleiche Disziplinierung begegnet. Die Isolierung ist lange Perioden eine totale Isolierung des Körpers wie des Geistes, indem ich mich vollkommen und unbestechlich meinen Bedürfnissen unterwerfe, werde ich mit mir fertig. Zeiten der absoluten Reproduktion wechseln ab mit dem Gegenteil, allen nur möglichen Schwankungen meiner Natur und dem Universum, was immer es sein mag, unterworfen, finde ich mich nur anhand eines genau vorgeschriebenen Tagesablaufs zurecht. Nur weil ich mich gegen mich stelle und tatsächlich immer gegen mich bin, bin ich befähigt, zu sein. Wenn ich schreibe, lese ich nichts, wenn ich lese, schreibe ich nichts, und ich lese lange Perioden nichts, schreibe nichts, es ist mir gleich widerwärtig. Mir ist lange Zeit Schreiben wie Lesen verhaßt, und ich bin zur Untätigkeit und das heißt, dem bohrenden Durchdenken meiner höchstpersönlichen Katastrophe einerseits als Kuriosität, andererseits als Bestätigung alles dessen, was ich heute bin und was aus mir unter diesen meinen genauso alltäglichen wie unnatürlichen, künstlichen, ja perversen Umständen mit der Zeit geworden ist, ausgeliefert. Die Tücken, die mich stolpern und verzweifeln, die mich halb verrückt werden lassen an jedem Tag, werden gegen mich, indem ich sie mir vollkommen klarmache, wirkungslos, wie mich nichts mehr angreift oder gar abtötet, wenn ich es mir klarmache. Die Existenz klar machen, sie nicht nur durchschauen, sondern aufklären bis zu dem höchstmöglichen Grad an jedem Tag, ist die einzige Möglichkeit, mit ihr fertig zu werden. Früher habe ich diese Möglichkeit nicht gehabt, in das tödliche tägliche Existenzspiel einzugreifen, dazu hatte ich weder den Verstand noch die Kraft, heute setzt sich der Mechanismus von selbst in Gang. Es ist ein tagtägliches Ornungmachen, in meinem Kopf wird aufgeräumt, die Dinge werden jeden Tag an ihren Platz gestellt. Was unbrauchbar ist, wird verworfen und ganz einfach aus meinem Kopf *hinausgeworfen.* Die Rücksichtslosigkeit ist auch ein Alterskennzeichen. Um die Moden zu überstehen, sind die Isolation und die Unbeirrbarkeit des Geistes die einzige Rettung. Wie viele Geistesmoden sind schon an mir vorbeigegangen. Die gemeinen Restverwerter sind immer am Werk. Aber die mit ihren Ausverkaufsprodukten den Markt beherrschen, sind leicht erkennbar, sie treten sich mit der Zeit ganz von selbst in den eigenen Schmutz. Der Überlebende muß sich einen günstigen Winkel im Abseits schaffen für seine Eroberungen. Die Luft ist dünn, aber ich bin sie gewohnt. Das Entweder/Oder befindet sich schon längere Zeit im Gleichgewicht. Was ist höher einzuschätzen, die Phrase oder das Elementare? Es bleibt beim *Unsinn.* Ich habe auf alles gehört und nichts befolgt. Ich experimentiere auch heute noch, nicht zu wissen, wie es ausgeht, fasziniert den Einzelgänger, der ich jetzt wieder bin. Ich habe mich schon lange nicht mehr nach dem Sinn der Wörter gefragt, die alles immer nur unverständlicher machen. Das Leben an sich, die Existenz an sich, alles ist ein Gemeinplatz. Wenn wir uns wie ich jetzt zurückerinnern, erledigt sich nach und nach alles von selbst. Lebenslänglich sind wir mit Menschen zusammen, die über uns nicht das geringste wissen, aber fortwährend behaupten, sie wüßten über uns alles, unsere nächsten Verwandten und Freunde wissen nichts, weil wir selbst davon wenig wissen. Wir sind unser ganzes Leben dabei, uns zu erforschen und gehen immer wieder an die Grenze unserer Geistesmittel und geben auf. Unsere Bemühungen enden in totaler Bewußtlosigkeit und in fataler, immer wieder tödlicher Deprimation. Was wir selbst uns niemals zu behaupten getrauen, weil wir selbst tatsächlich inkompetent sind, getrauen uns andere vorzuwerfen, und sie übersehen absichtlich oder unabsichtlich alles an und in uns. Wir alle sind fortwährend von anderen Weggeworfene, die sich an jedem neuen Tag wiederfinden, zusammenklauben, zusammensetzen müssen. Wir fällen selbst und mit fortgeschrittenem Alter ein immer härteres Urteil und müssen uns das Doppelte in der Gegenrichtung gefallen lassen. Die Inkompetenz herrscht in allen Beziehungen, und sie bewirkt mit der Zeit ganz natürlich die Gleichgültigkeit. Nach soviel jahrelanger Verletzlichkeit und Verletzbarkeit sind wir schon beinahe unverletzlich und unverletzbar geworden, wir nehmen die Verletzungen wahr, aber wir sind heute nicht mehr so überempfindlich wie früher. Wir teilen härtere Schläge aus, und wir halten härtere Schläge aus. Das Leben spricht eine kürzere, vernichtendere Sprache, die wir selbst heute sprechen, wir sind nicht mehr so sentimental, daß wir noch Hoffnung hätten. Die Hoffnungslosigkeit hat uns Klarheit verschafft über Menschen, Gegenstände, Verhältnisse, Vergangenheit, Zukunft und so fort. Wir haben das Alter erreicht, in welchem wir selbst der Beweis sind für alles, was uns zu unseren Lebzeiten zugestoßen ist. Was mich betrifft, habe ich drei Erfahrungen gemacht, die Erfahrung meines Großvaters und die Erfahrung aller anderen für mich weniger wichtigen Mitmenschen und die eigene. Die eine mit den andern zusammen hat mir die vielen Anfälligkeiten für das Nebensächliche erspart. Ich darf nicht leugnen, daß ich auch immer zwei Existenzen geführt habe, eine, die der Wahrheit am nächsten kommt und die als Wirklichkeit zu bezeichnen ich tatsächlich ein Recht habe, und eine gespielte, beide zusammen haben mit der Zeit eine mich am Leben haltende Existenz ergeben, wechselweise ist einmal die eine, einmal die andere beherrschend, aber ich existiere wohlgemerkt beide immer. Bis heute. Hätte ich, was alles zusammen heute meine Existenz ist, nicht tatsächlich durchgemacht, ich hätte es wahrscheinlich für mich erfunden und wäre zu demselben Ergebnis gekommen. Die Zwangslage hat mich an jedem neuen Tag und in jedem neuen Augenblick weitergebracht, die Krankheiten und schließlich, viel später, die Todeskrankheiten haben mich aus der Luft heruntergeholt auf den Boden der Sicherheit und der Gleichgültigkeit. Ich bin mir heute ziemlich sicher, auch wenn ich weiß, daß alles das Unsicherste ist, daß ich nichts in der Hand habe, daß alles nur eine wenn auch immer wieder und allerdings ununterbrochene Faszination als verbliebene Existenz ist, und es ist mir heute ziemlich alles gleichgültig, insoferne habe ich tatsächlich in dem immer verlorenen Spiel auf jeden Fall meine letzte Partie gewonnen. Die Illusionen meines Großvaters habe ich nicht gehabt, den gleichen Irrtümern wie er bin ich nicht ausgekommen. Die Welt ist nicht so wichtig, wie er geglaubt hat, und alles in ihr hat keinen solchen von ihm lebenslänglich befürchteten Wert, und die großen Worte und die großen Wörter habe ich immer als das genommen, was sie sind: Unzuständigkeiten, auf die man nicht hören darf. Die Armut, auf die er hereingefallen ist und die ihm sein Leben verbittert hat, hat mich nicht überzeugt, und der Reichtum, von dem er geträumt hat, ebensowenig. Die Wege, die ich gegangen bin, waren von ihm, meinem Großvater, schon begangen, das war und ist mein Vorteil, ich hatte die Möglichkeit zu einem intensiveren Studium. Die Platitüde und die Phrase von den Armen in den Reichen und umgekehrt habe ich für mich sehr früh um eine neue Platitüde und um eine neue Phrase erweitert, um die Dummheit des Intelligenzlers. Der Fassungslose hätte immer die Möglichkeit gehabt, dem Theater, auf das er lebenslänglich hereingefallen war, durch das Zertrümmern und Vernichten der Requisiten und Requisiteure und aller Akteure ein Ende zu machen, aber er hatte nicht die Kraft dazu. Mein Großvater haßte die Oper, und er bewunderte das Schauspiel, aber weder die Oper ist zu hassen noch das Schauspiel zu bewundern, wie die einen und die anderen Menschen nicht. Zwischen Haß und Bewunderung zerstören sich beinahe alle Menschen, und mein Großvater hat sich in seinen achtundsechzig Lebensjahren von diesen beiden Begriffen zermalmen lassen. Jedem anderen, außer mir, wäre er ein Wegbereiter gewesen, aber ich war niemals ein Mensch für einen Weg. Ich bin keinen Weg gegangen im Grunde, wahrscheinlich, weil ich immer Angst gehabt habe davor, einen dieser endlosen und dadurch sinnlosen Wege zu gehen. Wenn ich wollte, habe ich mir immer gesagt, könnte ich. Aber ich bin nicht gegangen. Bis heute nicht. Es ist etwas geschehen, ich bin älter geworden, ich bin nicht stehengeblieben, aber ich bin auch nicht einen Weg gegangen. Ich spreche die Sprache, die nur ich allein verstehe, sonst niemand, wie jeder nur seine eigene Sprache versteht, und die glauben, sie verstünden, sind Dummköpfe oder Scharlatane. Ist es mir Ernst, ist es ein unverstandener, in jedem Fall immer mißverstandener, für den höheren Witz gibt es, scheint es, keine Rezepte. So ist jeder, gleich, was er ist, und ganz gleich, was er tut, immer wieder auf sich zurückgeworfen, ein auf sich selbst angewiesener Alptraum. Ginge es nach den andern, ich existierte nicht mehr, und jeder Tag, der herankommt und Wirklichkeit geworden ist, ist der Beweis dafür. Es kommt mir vor, als existierte ich als Rutengänger im eigenen Kopf. Bin ich Teil oder Opfer der sich immer schneller drehenden und alles in ihr ununterbrochen malmenden und zermalmenden Existenzmaschine? frage ich mich. Die Antwort muß ausbleiben. Mein Charakter ist alle Charaktere zusammen, meine Wünsche sind alle Wünsche zusammen, meine Hoffnungen, Verzweiflungen, Erschütterungen. Nur die Verstellung rettet mich zeitweise und dann wieder das Gegenteil der Verstellung. Wo wir Zuflucht suchen, stehen wir vor der Inkompetenz. Der Lauf des Flüchtenden entspricht seinem Geisteszustand. Wir sehen ihn fortwährend auf der Flucht und wissen nicht, vor was auf der Flucht, obwohl es den Anschein hat, er flüchte vor allem aus allem. Der Mensch flieht vom ersten Augenblick an aus dem Leben, das er vom ersten Augenblick an kennt, *weil* er es kennt, in den Tod, den er *nicht* kennt. Alle fliehen wir lebenslänglich und starr in dieselbe Richtung. Das Theater, das ich mit vier und mit fünf und mit sechs Jahren für mein ganzes Leben eröffnet habe, ist schon eine in die Hunderttausende von Figuren vernarrte Bühne, die Vorstellungen haben sich seit dem Premierentermin verbessert, die Requisiten sind ausgewechselt, die Schauspieler, die das Schauspiel, das gespielt wird, nicht verstehen, werden hinausgeworfen, so war es immer. Jede dieser Figuren bin ich, alle diese Requisiten bin ich, der Direktor bin ich. Und das Publikum? Wir können die Bühne in die Unendlichkeit hinein erweitern, sie zusammenschrumpfen lassen auf den Guckkasten des eigenen Kopfes. Wie gut, daß wir immer eine ironische Betrachtungsweise gehabt haben, so ernst uns immer alles gewesen ist. Wir, das bin ich. Wir haben alle Vorurteile abgebaut, um sie wieder aufzubauen, vergrößert, wir haben uns den Luxus geleistet. Wir verstehen, was die Leute meinen, wenn sie von Hochmut sprechen, Arroganz, Überheblichkeit. Es stimmt schon, was gesagt wird, weil alles stimmt, und nichts braucht zurückgenommen zu werden, Schuldschein und Scham, wir lösen alles ein. Nichts, was uns vorausgesagt worden war, ist eingetreten. Was uns vorgemacht worden ist, hat sich längst als Betrug herausgestellt. Wir waren von Ideen besessen und haben uns dem Wahnsinn und dem Verrücktsein ausgeliefert, es hat sich bezahlt gemacht. Wohin wären wir gekommen, wenn wir auf die Leute gehört hätten, die uns die sogenannten Nächsten gewesen sind? Immer das Gegenteil bewirkte diese möglicherweise lächerliche, aber, wie man sieht, lebensfähige Entwicklung. Und wenn es nichts als ein Alptraum gewesen ist, er war es wert. Manchmal behaupten wir, es sei eine Tragödie, manchmal das Gegenteil, und sagen, eine Komödie ist es, und wir können nicht sagen, jetzt ist es eine Tragödie, jetzt eine Komödie. Die Schauspieler sind allerdings von der Sinnlosigkeit meiner Tragödie wie auch meiner Komödie überzeugt. Und die Schauspieler haben immer recht. Wenn wir den Auftritt von links angeordnet haben, war es ein Auftritt von rechts und umgekehrt, aber das sahen sie nicht, und es ist ihnen das Wesentliche an unserem Spiel entgangen. Sie verstehen nicht, was gespielt wird, weil ich selbst nicht verstehe, was gespielt wird. Einem Verrückten in die Karten schauen, was bringt das? Auch wenn er von sich selbst nicht behauptet, er sei nicht verrückt. Ein Kind ist immer ein Schauspieldirektor, und ich bin schon sehr früh ein Schauspieldirektor gewesen. Zuerst habe ich hundertprozentig eine Tragödie aufgeführt und dann eine Komödie und dann wieder eine Tragödie, und dann vermischte sich das Theater, es ist nicht mehr erkennbar, ob es eine Tragödie oder eine Komödie ist. Das verwirrt die Zuschauer. Sie haben mir applaudiert, jetzt bereuen sie es. Sie haben geschwiegen und mich verächtlich gemacht, jetzt bereuen sie es. Wir sind uns immer voraus und wissen nicht, sollen wir applaudieren oder nicht. Unser Geisteszustand ist unberechenbar. Wir sind alles und nichts. Genau in der Mitte gehen wir zweifellos früher oder später zugrunde. Alles andere ist eine stumpfsinnige Behauptung. Wir sind im wahrsten Sinne des Wortes vom Theater ausgegangen. Die

Natur ist das Theater an sich. Und die Menschen sind auf dieser Natur als Theater an sich die Schauspieler, von welchen nicht mehr viel zu erwarten ist.

Einmal, vor drei, vier Jahren, hat mich auf dem sogenannten Staatsbrückenkopf vor dem Rathausbogen, wo auch heute noch ein berühmtes Schirmgeschäft ist und daneben ein nicht weniger berühmter Juwelier seinen Laden hat, eine Männerstimme angerufen, und ich drehte mich um, und der gerufen hatte, sah ich, war ein an einen gerade stillstehenden Preßlufthammer gelehnter etwa fünfzigjähriger Mann gewesen mit nacktem Oberkörper und mit über die blaue Schlosserhose hängendem Bauch, schwitzend, vollkommen zahnlos, mit nur mehr noch wenigen Haaren auf dem Kopf, aber mit stechenden Augen, daß er ein Säufer gewesen war, hatte ich sofort gesehen, während sein etwa gleichaltriger Kollege, im Gegensatz zu ihm, ein magerer, hochaufgeschossener Kerl mit einer speckigen Segeltuchschildmütze auf dem Kopf, weiterarbeitete, er schaufelte offensichtlich die von dem Dicken mit dem Preßlufthammer aus dem Boden gebrochenen und geschlagenen Gesteinstrümmer auf einen Haufen zusammen, die beiden hatten nach städtischen Gas- oder Wasserleitungen im Zuge des Staatsbrükkenumbaues gegraben, ich schaute in das Gesicht des Dicken, der mich offensichtlich erkannt hatte, aber ich hatte ihn nicht erkannt; ich war stehengeblieben in dem vormittägigen Menschentrubel und konnte mich nicht an den Mann erinnern, er aber erinnerte sich an mich, aber ich konnte mir nicht erklären, von woher ich den Mann kannte. Andererseits war mir klar, daß ich das Gesicht schon einmal gesehen habe, aber das muß weit zurückliegen, habe ich gedacht und: Der Mann irrt sich nicht. Er ist mir zuvorgekommen: Ich hätte ihm sehr oft die Rumflasche seiner Mutter angefüllt im Laden des Karl Podlaha in der Scherzhauserfeldsiedlung, er sei es gewesen, dem ich einmal aus dem Kasten im Nebenzimmer des Geschäfts ein Verbandszeug gegeben und um seinen auf unserer Geschäftstreppe verletzten Kopf gewickelt habe. An diesen Vorfall erinnerte ich mich nicht, aber an den Jüngling, der der Mann vor fünfundzwanzig Jahren gewesen war, erinnerte ich mich jetzt sofort. Ich sei, sagte er, damals noch so klein gewesen, daß ich nur mit Mühe über die Ladenbudel hatte schauen können. Er übertrieb, aber er hatte im Grunde alles richtig beobachtet gehabt. Es war, als erinnerte er sich gern an diese Zeit, die seine Jugend gewesen war, wie ich mich jetzt, bei dieser Gelegenheit, gern an diese Zeit meiner Jugend erinnerte, und wir hatten uns, stillschweigend, wortlos, in ein paar Augenblicken dieser Jugendzeit erinnert. Er wußte nichts von mir, ich wußte nichts von ihm, mitten unter den vielen Menschen am Vormittag auf dem Staatsbrückenkopf stellten wir zusammen fest, daß wir eine gemeinsame Jugend in der Scherzhauserfeldsiedlung gehabt haben, und daß wir überlebt haben, jeder auf seine Weise. Daß wir, jeder auf seine Weise, mit der ungeheueren Mühseligkeit eines jeden Alterns fünfundzwanzig Jahre älter geworden sind. Der Mann mit dem Preßlufthammer hatte mir plötzlich, nachdem ich sie jahrelang vergessen gehabt hatte, die Scherzhauserfeldsiedlung gezeigt, den Schandfleck einer Stadt, die immer nur zu den niedrigsten Arbeiten Leute aus diesem ihrem Schandfleck in ihre Mitte hineingezogen und hineingelassen hat. Auch heute, habe ich gedacht, verrichten die Leute aus der Scherzhauserfeldsiedlung die niedrigsten Arbeiten in der Stadt, und die an ihnen Vorübergehenden denken sich nichts dabei. Was aus dem Podlaha geworden ist, mit ihm geschehen sei, wollte er wissen, aber ich wußte darüber nichts. Er erkundigte sich nach dem Gehilfen Herbert und nach dem Lehrling Karl. Ich sagte, der Herbert habe sich selbständig gemacht, eine Kaffeerösterei aufgemacht in der Ernest-Thun-Straße, und der Karl sei in die Fremdenlegion, aber schon vor vielen Jahren wieder zurückgekommen. Er sei mehrere Male im Gefängnis gewesen, wie ich weiß, was mir die Frau, die über unserem Geschäft ihre Wohnung hatte, gesagt hat. Er sei der gewesen, der auch im Winter barfuß gegangen sei, sagte er, Sommer und Winter, das ganze Jahr. Ich erinnerte mich nicht. Als er sagte, er habe mir manchmal, in schweren Zeiten, beim Erdäpfelabladen geholfen, erinnerte ich mich an ihn, er war oft auf dem Sportplatz gewesen, allein mit dem Hund seines Onkels, dem er kleine Holzstücke gegen die Sportplatzmitte geworfen hat, stundenlang, um sich die Zeit zu vertreiben. Er nannte mehrere Namen, und alle diese Namen waren mir bekannt, es waren tagtäglich gesagte und gerufene Namen von Kunden im Geschäft, ich hatte sie fünfundzwanzig Jahre nicht mehr gehört. Von den einen und anderen sagte er, sie seien gestorben, auf natürliche oder auf unnatürliche Weise. Er habe eine Schwester gehabt, die sei mit einem Amerikaner nach Amerika, nach New York, dort sei sie elendig zugrunde gegangen. Ob ich mich an seine Schwester erinnern könne, ein *bildschönes* Mädchen. Den Podlaha habe er gefürchtet, der habe ihn einmal beim Diebstahl von ein paar Äpfeln ertappt. Er habe ihm nicht nur die Äpfel gestohlen, sagte er. Die heutigen jungen Leute hätten keine Ahnung, wie schwierig damals alles gewesen sei. Wenn man ihnen eine Andeutung mache über den Krieg und die Nachkriegszeit und über die Nazis und über die Amerikaner, alles zusammen die Hölle selbst, verstünden sie nichts. Seiner Mutter habe er jahrelang den Rum in der Flasche bei uns im Keller geholt, um ihn ihr ans Bett zu bringen, in welchem sie elendig zugrunde gegangen sei. Aber sie habe ein so gutes Herz gehabt, daß sie, buchstäblich nur noch als Skelett, mit ihrem Krebs ein Jahr lang existiert und außer Rum und in den Rum getunkten Semmeln nichts mehr zu sich genommen habe. Sie sei *eine religiöse Frau* gewesen, aber im Leben nie in die Kirche gegangen. *Gottesfürchtig, aber nicht katholisch,* sagte er. Darauf wollte er wissen, was ich jetzt machte.

Schreiben, sagte ich, damit konnte er nichts anfangen, und er konnte sich darunter auch nichts vorstellen, und er bohrte nicht länger mit dieser Frage. Ob ich eine Zigarette hätte. Ich verneinte. Der Podlaha habe ihm imponiert, einerseits habe er ihn gefürchtet, andererseits habe er ihm imponiert, weil er ein so gutes Geschäft machte. Die Wiener seien immer die klügeren Köpfe gewesen. Auch er verachtete, wie alle Provinzler, die Wiener. In einem gewissen Sinn, sagte er, ohne zu sagen, was er darunter verstand, und es war darunter auch gar nichts zu verstehen, sei er mit seiner Lage zufrieden, sei sie auch noch so beschissen. In seinem Alter sei einem alles gleichgültig, man hänge am Leben, aber egal sei es auch, wenn es vorbei sei. Egal, das war es. Das ist eine Altersfrage. Egal. Auch mir war zu diesem Zeitpunkt alles egal. Ein schönes, ein klares, ein kurzes, einprägsames Wort: *egal.* Wir verstanden uns. Er meinte, ich solle mit ihm zu Mittag was essen gehen, und ich machte einen Umweg und ging mit ihm essen, in den Sternbräugarten hinein auf ein Bier, Wurst und Brot. Er habe sich unter seinem Leben etwas anderes vorgestellt, als er dann tatsächlich habe leben müssen, meinte er, nicht mit diesen Worten, aber dem Sinn nach. Mir war es nicht anders ergangen. Die Scherzhauserfeldsiedlung und in ihrem Mittelpunkt der Karl Podlaha waren auferstanden. Wir hatten uns an vieles erinnert. *Servus* und *es ist alles egal,* hatte er zum Abschluß gesagt, als ob ich das gesagt hätte. Mein besonderes Kennzeichen heute ist die Gleich*gültigkeit*, und es ist das Bewußtsein der Gleich*wertigkeit* alles dessen, das jemals gewesen ist und das ist und das sein wird. Es gibt keine hohen und höheren und höchsten Werte, das hat sich alles erledigt. Die Menschen sind, wie sie sind, und sie sind nicht zu ändern, wie die Gegenstände, die die Menschen gemacht haben und die sie machen und die sie machen werden. Die Natur kennt keine Wertunterschiede. Es sind immer wieder nur Menschen mit allen ihren Schwächen und mit ihrem körperlichen und seelischen Schmutz an jedem neuen Tag. Es ist gleich, ob einer mit seinem Preßlufthammer oder an seiner Schreibmaschine verzweifelt. Nur die Theorien verstümmeln, was doch so klar ist, die Philosophien und die Wissenschaften insgesamt, die sich der Klarheit in den Weg stellen mit ihren unbrauchbaren Erkenntnissen. Es ist beinahe alles durchlaufen, was jetzt noch kommt, überrascht nicht, weil alle Möglichkeiten bedacht sind. Der soviel falsch gemacht hat und irritiert hat und gestört und zerstört hat und vernichtet hat und sich abgequält hat und studiert hat und sich oft erledigt hat und halb umgebracht hat und geirrt hat und geniert und wieder nicht geniert hat, wird sich in Zukunft irren und vieles falsch machen und wird irritieren und stören und zerstören und vernichten und sich abquälen und studieren und sich erledigen und halb umbringen und alles das fortsetzen, bis zum Ende. Aber es ist letzten Endes alles egal. Die Karten werden aufgeschlagen, nach und nach. Die

Idee ist gewesen, der Existenz auf die Spur zu kommen, der eigenen wie den andern. Wir erkennen uns in jedem Menschen, gleich, wer er ist, und sind zu jedem dieser Menschen verurteilt, solange wir existieren. Wir sind alle diese Existenzen und Existierenden zusammen und sind auf der Suche nach uns und finden uns doch nicht, so inständig wir uns darum bemühen. Wir haben von Aufrichtigkeit und von Klarheit geträumt, aber es ist beim Träumen geblieben. Wir haben oft aufgegeben und wieder angefangen, und wir werden noch oft aufgeben und wieder anfangen. Aber es ist alles *egal.* Der Mann aus der Scherzhauserfeldsiedlung mit seinem Preßlufthammer hat mir mein Stichwort gegeben, daß alles egal ist. Es ist das Wesen der Natur, daß alles egal ist. *Servus* und *es ist alles egal,* seine Worte höre ich immer wieder, seine Worte, obwohl die seinigen auch die meinigen sind, und obwohl ich selbst sehr oft gesagt habe *Servus* und *es ist alles egal.* Aber es mußte zu diesem Zeitpunkt gesagt werden. Ich hatte es schon vergessen. Wir sind zu einem Leben verurteilt, und das heißt lebenslänglich, für ein oder für viele Verbrechen, wer weiß?, die wir nicht begangen haben oder die wir wieder begehen, für andere nach uns. Wir haben uns selber nicht aufgerufen, wir waren auf einmal da und im Augenblick auch schon verantwortlich gemacht. Wir sind widerstandsfähig geworden, uns kann nichts mehr umwerfen, wir hängen nicht mehr am Leben, aber wir verschleudern es auch nicht zu billig, hatte ich sagen wollen, aber ich hatte das nicht gesagt. Manchmal erheben wir alle unseren Kopf und glauben, die Wahrheit oder die scheinbare Wahrheit sagen zu müssen und ziehen ihn wieder ein. Das ist alles.